Ein Weihnachtsabend
mit Charles Dickens

Ein Weihnachtsabend mit Charles Dickens

Reclam

RECLAMS UNIVERSAL-BIBLIOTHEK Nr. 14039
2020 Philipp Reclam jun. Verlag GmbH,
Siemensstraße 32, 71254 Ditzingen
Umschlaggestaltung: zero-media.net
Umschlagabbildung: FinePic®
Abbildung S. 6: Elbert Hubbard: Little Journeys to the Homes of the Great. New York 1916
Schmuckelemente: © shutterstock / Nadezhda Molkentin
Druck und Bindung: Eberl & Koesel GmbH & Co. KG,
Am Buchweg 1, 87452 Altusried-Krugzell
Printed in Germany 2021

ISBN 978-3-15-014039-0
www.reclam.de

Inhalt

Charles Dickens

Weihnachten mit Dickens

Ein Weihnachtsabend ohne Charles Dickens (1812–1870)? Ohne Ebenezer Scrooge, den drei Weihnachtsgeistern und den kleinen Tim? Undenkbar! Doch der englische Schriftsteller aus Portsmouth hat nicht nur in Der Weihnachtsabend *(*A Christmas Carol*, 1843), der wohl beliebtesten und meistgelesenen Weihnachtserzählung überhaupt, über dieses besondere Fest geschrieben, sondern auch in vielen weiteren Werken. Weihnachten war für ihn das Fest der Nächstenliebe, und so sind seine Erzählungen und Romane als ein Plädoyer für Güte und Menschlichkeit zu lesen.*

Dickens wusste nur zu genau, was soziale Ungerechtigkeit bedeutete, denn er selbst wuchs in ärmlichen Verhältnissen auf. Sein Vater war beim Zahlamt der Marine angestellt, kam ins Schuldengefängnis – und der damals erst 12-jährige Dickens musste in einer Schuhwichsfabrik arbeiten, um zum Familieneinkommen beizutragen. Doch mit 15 wurde er Gehilfe in einer Anwaltskanzlei, dann Journalist und Gerichtsreporter. Er war fleißig, sein Arbeitspensum war enorm, er veröffentlichte seine ersten Erzählungen – und wurde bereits zu Lebzeiten ein ungeheuer populärer Autor. Die Zeitschriften, in denen seine Geschichten in wöchentlichen Fortsetzungen erschienen, erreichten Auflagen von 100 000 Exemplaren – bis heute ist sein Ruhm ungebrochen.

Dickens' Geschichten behandeln das entbehrungsreiche Leben armer Leute, doch aus ihnen spricht immer auch die Hoffnung auf ein Wunder – und dass ein solches gerade zur Weihnachtszeit möglich ist, zeigen nicht nur die Cratchits und der kleine Tim, sondern auch Mr. Redlaw, die Tetterbys und viele andere Dicken'sche Figuren, auf die wir noch treffen werden. Trotz der armen Verhältnisse geht nie der Glaube an das Gute im Menschen verloren. Auch im Kleinen, im Bescheidenen kann das große Glück liegen. Das zeigt uns Dickens. Und er führt uns vor Augen, dass, wenn man nur die Freuden des Lebens zu nehmen weiß, Erwachsene mindestens genauso kindisch sein können wie Kinder.

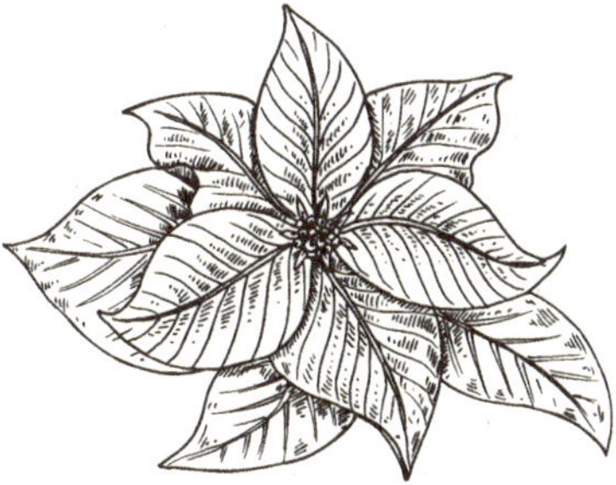

»Ich […] fühle die Wahrheit, dass Kleinigkeiten die Summe des Lebens ausmachen.«

David Copperfield

Der Zauber eines Abends

»[...] denn es ist gut, zuweilen wie die Kinder zu sein, und niemals besser als in der Weihnachtszeit, da auch ihr machtvoller Stifter ein Kind war.«

Der Weihnachtsabend

Weihnachten dummes Zeug?

Nur wenige literarische Figuren sind so eng mit dem Weihnachtsfest verbunden wie Dickens' Ebenezer Scrooge. Was liegt da also näher, als den Weihnachtsabend mit eben jenem Geizkragen zu beginnen, der erst durch das Fest der Liebe zum Guten bekehrt wird? Doch bis dahin ist es für Scrooge ein langer Weg, oder besser gesagt, ein langer »Weihnachtsabend«, denn zu Beginn der gleichnamigen Erzählung ist der reiche Geschäftsmann noch weit vom Zauber dieser besonderen Nacht entfernt.

»Fröhliche Weihnachten, Onkel! Gott segne Sie!«, rief eine frohe Stimme. Es war die Stimme von Scrooges Neffen, der so rasch eingetreten war, dass dieser ihn erst jetzt bemerkte.

»Ach was!«, entgegnete Scrooge. »Dummes Zeug!«

Der Neffe war vom schnellen Laufen durch Nebel und Kälte so erhitzt, dass sein hübsches Gesicht glühte, seine Augen funkelten und sein Atem rauchte.

»Weihnachten dummes Zeug? Onkel!«, entgegnete er. »Das meinen Sie doch sicher nicht im Ernst!«

»Doch, das tue ich!«, sagte Scrooge. »Fröhliche Weihnachten! Welches Recht hast du, fröhlich zu sein? Welchen Grund hast du dazu? Du bist arm genug!«

»Na, hören Sie einmal!«, gab der Neffe heiter zurück. »Welches Recht haben *Sie*, trübsinnig zu sein? Welches Recht für Ihren Griesgram? Sie sind doch reich genug!«

Da Scrooge im Augenblick nichts Besseres einfiel, brummte er nur: »Ach was!« und dann noch einmal: »Dummes Zeug!«

»Seien Sie doch nicht so verdrießlich, Onkel!«, sagte der Neffe.

»Was kann ich denn sonst sein«, entgegnete der Onkel, »wenn ich in solch einer Welt voller Narren lebe? Fröhliche Weihnachten! Lass mich in Ruhe mit deinen Fröhlichen Weihnachten! Was ist denn Weihnachten anders für dich als eine Zeit, da du Rechnungen bezahlen sollst, ohne dass du das Geld dazu hast; eine Zeit, in der du feststellst, dass du wieder um ein Jahr älter, aber um keine Stunde reicher geworden bist, eine Zeit, in der du deine Bücher abschließt und durch ein rundes Dutzend von Monaten nur Außenstände findest. Wenn es nach mir ginge«, fuhr Scrooge entrüstet fort, »so müsste jeder Narr, der herumläuft und Fröhliche Weihnachten wünscht, in seinem eigenen Pudding gekocht und mit einem Stechpalmzweig durchs Herz begraben werden. Wahrhaftig!«

»Aber Onkel!«, widersetzte sich der Neffe.

»Neffe!«, gab ihm der Onkel schroff zurück, »feiere du Weihnachten auf deine Weise, und lass es mich auf die meinige feiern!«

»Feiern!«, wiederholte der Neffe, »aber Sie feiern es ja gar nicht!«

»Lass das meine Sache sein«, sagte Scrooge. »Soll es dir Gutes bringen! Es hat dir ja schon viel Gutes eingebracht!«

»Es gibt vieles, das mir Gutes hätte bringen können und das ich doch nicht recht genutzt habe, und so war es wohl auch mit Weihnachten. Aber gewiss habe ich das Weihnachtsfest – ganz abgesehen von der Verehrung, die wir seinem heiligen Namen und seinem Ursprung schulden, wenn man etwas, was so zu ihm gehört, überhaupt davon trennen kann – stets als eine gute Zeit angesehen; eine Zeit der Güte, der Vergebung, der Barmherzigkeit und der Freude, die einzige Zeit im ganzen langen Jahr, da Männern und Frauen die verschlossenen Herzen aufgehen und sie ihre ärmeren Mitmenschen als das ansehen, was sie wirklich sind: Reisegefährten auf dem Weg zum Grabe – und nicht als eine andere Art von Geschöpfen, die andere Wege wandern müssen. Und deshalb, Onkel, glaube ich, wenn es mir auch nie ein Stäubchen Gold oder Silber einbrachte, dass Weihnachten mir doch Gutes gebracht hat und noch bringen wird. Und darum sage ich, Gott segne es!«

Der Buchhalter im Brunnenschacht spendete unwillkürlich Beifall. Sogleich aber wurde er sich des Unschicklichen seines Benehmens bewusst, er stocherte im Feuer herum und löschte damit den letzten schwachen Funken endgültig aus.

Ein Weihnachtsmahl

In seinen Londoner Skizzen *(*Sketches by Boz, *1836) gibt uns Dickens einen Einblick in das Londoner Leben des 19. Jahrhunderts. Er lässt uns nachempfinden, wie ein Weihnachtsfest vor über 200 Jahren ausgesehen haben mag, und führt uns vor Augen, was damals wie heute zählt: menschliche Nähe und fröhliche Geselligkeit.*

Weihnachten! Wessen Brust bei der Rückkehr des Christfestes nicht ein freudiges Gefühl bewegt, in wessen Gedächtnis nicht irgendeine fröhliche Rückerinnerung erwacht, der muss ein Menschenfeind sein. Es gibt Leute, die Dir sagen werden, das Christfest sei für sie nicht mehr das, was es sonst zu sein pflegte, – jede neue Weihnachten habe ihnen immer wieder die neue Überzeugung gebracht, dass irgendeine angenehme Hoffnung, oder irgendeine glückliche Aussicht vom vergangenen Jahre verdüstert oder verschwunden sei, und der diesjährige erinnere sie bloß daran, dass ihre Umstände schlechter, und ihr Einkommen geringer geworden – an das Fest, welches sie sonst an diesem Tage ihren Freunden gegeben und an die teilnahmlosen Blicke, welche ihnen nun im Missgeschicke und Unglücke dafür zuteilwürden. Solchen trüben Rückerinnerungen muss man keinen Raum geben. Es haben wohl nicht viele Menschen lange genug in der Welt gelebt, um sich nicht jeden Tag im Jahre so etwas in das Gedächtnis zurückrufen zu können. Du musst Dir nicht gerade den freudigsten der dreihundertfünfundsechzig Tage zu Deinen trüben Rückerinnerungen wählen, sondern rücke Deinen Stuhl an das trauliche Kaminfeuer – fülle Dein Glas, stimme einen Gesang an – und ist Deine Stube auch etwas kleiner, als ein Dutzend Jahre früher, ist auch Dein Glas mit dampfendem Punsch statt mit perlendem Weine gefüllt, – was liegt daran! – trink es aus bis auf den Grund, fülle es wieder, singe Dein altes Lieblingslied, – und danke Gott, dass es nicht noch schlimmer steht. Betrachte die fröhlichen Gesichtchen Deiner Kinder, die um das Feuer her sitzen. Ein Sitzchen ist vielleicht leer – eine kleine Gestalt, die des Vaters Herz erfreute, auf welche die Mutter mit Stolz sah, wird vielleicht nicht mehr darunter sein. Lass die Toten ruhen! – denke nicht daran, dass ein kurzes Jahr zuvor das liebliche Kind, das nun im Staube modert, mit der Blüte der Gesundheit auf den Wangen und der heitern Kindesunschuld in den freudeglänzenden Augen vor Dir saß. Rufe Dir die noch übrigen Gottesgaben – deren jedem Menschen so viele gegeben sind – ins Gedächtnis und denke nicht ferner an das vergangene Missgeschick, dessen jeder auch seinen Teil hat. Mit heiterem Auge und zufriedenem Herzen fülle Dein Glas wieder. Was gilt's – Dein Christtag wird ein fröhlicher, Dein Neujahr ein glückliches sein! –

Wer wird bei den Gefühlsergüssen und dem redlichen Austausche wohlgemeinter Freundschaftsversicherungen, an denen diese Jahreszeit so reich ist, teilnahmslos bleiben? Eine Weihnachts-Familien-Partie! Wir kennen auf der Welt nichts Herrlicheres! In dem Namen Weihnachten scheint schon ein vollkommener Zauber zu liegen. Kleine Eifersüchteleien und Zwistigkeiten werden vergessen, freundschaftliche Gefühle in manchem Busen erregt, dem sie lange fremd geblieben; Vater und Sohn, Bruder und Schwester, die monatelang mit abgewandten Augen aneinander vorübergingen, oder deren kalte Blicke sich beiderseitig begegneten, können sich wieder näher umarmen, kehren zur alten Freundschaft zurück und begraben die bisherige Erbitterung in ihrer jetzigen Freude. Gleichgesinnte gute Herzen, die einander wehe getan haben und gerne wieder eingelenkt haben würden, wenn nicht falscher Stolz und Eigenliebe sie davon abgehalten hätte, werden wieder eins und alles atmet Güte und Wohlwollen! Es wäre zu wünschen, dass das Christfest das ganze Jahr hindurch dauerte, und Vorurteile und Leidenschaften, die unsere bessere Natur entwürdigen, nie unter denen einrissen, denen sie stets fremd bleiben sollten.

Die Christfest-Familien-Partie, von der wir sprechen wollen, ist nicht bloß ein Verein von Bekannten, die sich erst seit ein paar Wochen kennen, auch nicht Folge einer dieses Jahr erst entstandenen Bekanntschaft, keine Zusammenkunft, die im vorigen Jahre nicht stattgefunden hat und kaum im nächsten wiederholt werden dürfte. Es ist vielmehr eine jährliche Vereinigung wo möglich a l l e r Mitglieder e i n e r Familie, jung und alt, reich und arm; und alle dazugehörigen Kinder sehen ihr schon seit zwei Monaten mit fieberhafter Erwartung entgegen. Früher wurde sie bei dem Großvater abgehalten, nachdem aber Großvater alt und schwach geworden, und Großmutter mit, haben sie ihre eigene Haushaltung aufgegeben und wohnen nun bei Onkel George: Daher findet die Gesellschaft nun stets in Onkel Georges Hause statt; aber Großmutter spendet die meisten guten Sachen dazu, und Großvater lässt sich's nicht nehmen, den weiten Weg nach dem Newgate-Markt hinabzuhumpeln, um den Truthahn zu kaufen, welchen er durch einen gemieteten Träger im Triumph nach Hause schaffen lässt, wo dann der Mann jedes Mal über und außer seinem

Lohne noch ein Glas Branntwein haben muss, um der Tante George Wohlsein »auf fröhliche Weihnachten und ein glückliches Neujahr« zu trinken. Was Großmama anbelangt, so ist sie zwei oder drei Tage vorher sehr verschlossen und tut sehr geheimnisvoll, aber doch nicht genug, um der Verbreitung des Gerüchtes vorzubeugen, dass sie jeder Magd eine wunderschöne neue Haube mit farbigen Bändern, und allerlei Bücher, Federmesser und Bleistiftröhren für die jungen Sprösslinge gekauft habe, der verschiedenen weitern geheimen nachträglichen Bestellungen der Tante George nicht zu erwähnen, als da z. B. beim Pastetenbäcker, dass er noch ein Dutzend Pastetchen zum Mittagessen und einen Rosinenkuchen für die Kinder liefern solle.

Am Christabend ist Großmutter in ihrem rechten Element und prächtig aufgeräumt; wenn sie den ganzen Tag über die Kinder angehalten hat, Zwetschgen auszusteinen, so bittet sie regelmäßig jedes Jahr Onkel George in die Küche herabzukommen, seinen Rock abzulegen und etwa eine halbe Stunde lang den Pudding umzurühren, dem sich Onkel George zum ausnehmenden Vergnügen der Kinder und der Dienstboten gutmütig unterzieht; – der Abend wird dann frühzeitig durch ein herrliches Spiel, wie blinde Kuh, beschlossen, wobei Großpapa sich sehr in Acht nimmt, nicht gefangen zu werden, da er nicht versäumen darf, zu zeigen, wie gut er noch auf den Beinen ist.

Des andern Morgens geht das alte Paar mit so vielen Kindern, als der Kirchenstuhl nur fassen kann, in größtem Staat zur Kirche, während Tante George zu Hause bleibt, um Flaschen abzustäuben und die Tische zu füllen; und Onkel George schleppt Flaschen in das Speisezimmer, schreit sich fast heiser nach einem Pfropfzieher und kommt jedermann in den Weg. Wenn die Kirchgänger zum Frühstück zurückkommen, zieht Großpapa einen kleinen Mistelzweig aus der Tasche und redet den Knaben zu, ihre kleinen Cousinen unter demselben zu küssen – ein Vorschlag, welcher zum grenzenlosen Vergnügen der Knaben und des alten Herrn ausgeführt wird. Der Großmutter Ansichten von guter Zucht läuft aber dies schnurstracks zuwider, bis Großpapa sagt, als er dreizehn Jahre und drei Monate alt gewesen, habe er die Großmama auch unter einer Mistel geküsst, worauf die Kinder in die Hände klatschen und von ganzem Herzen lachen, worein auch Tante und Onkel George einstimmen; Großmutter wird selbst heiter und sagt mit wohlgefälligem Lächeln, dass Großvater stets ein loser Vogel gewesen sei; worüber die Kinder abermals recht herzlich lachen, Großvater aber noch herzlicher als alle.

Doch all dies will noch nichts heißen gegen die Spannung, welche nun folgt, wenn Großmama in einer hohen Haube und schieferfarbigem Seidenkleid, und Großpapa mit wunderschön gefälteltem Busenstreif und weißem Halstuche sich in dem Besuchzimmer an das Kamin setzen und Onkel Georges Kinder, nebst unzähligen kleinen Cousins und Cousinchen der Reihe nach neben ihnen, auf die Ankunft der sehnlich erwarteten Gäste harren.

Plötzlich hört man eine Kutsche vorfahren. Onkel George sieht aus dem Fenster und ruft: »Da kommt Jane!« worauf die Kinder zur Türe hinaus über Hals und Kopf die Treppe hinabeilen, und Onkel Robert und Tante Jane und das liebe Kleine und die Wärterin, und die ganze Gesellschaft unter lärmendem »Ach Herr Je!« der Kinder und den beständigen Warnungen der Wärterin, »dem Kleinen nicht wehe zu tun«, von den Kindern die Treppen hinauf geführt werden;

Großpapa nimmt das Kind, Großmama küsst ihre Tochter und kaum hat sich die Verwirrung dieses ersten Willkomms etwas gelegt, als wieder neue Tanten und Onkel mit weiteren Cousins und Cousinen ankommen: – die herangewachsenen Vetterschaften kokettieren miteinander, die kleineren machen es auch gleich nach, und man hört nichts mehr als ein verwirrtes Durcheinander von Plaudern, Lachen, Lust und Freude.

Während einer kleinen augenblicklichen Pause in der Konversation hört man ein zögerndes zweimaliges Klopfen; jedermann fragt: »wer ist das?«, und einige Kinder, die bisher am Fenster gestanden, kündigen mit gedämpfter Stimme an, es sei »die arme Tante Margaret«. Nun verlässt Tante George das Zimmer, um den Neuankommenden entgegenzugehen, und Großmutter setzt sich noch steifer und vornehmer zurecht, denn Margaret hat ohne ihre Einwilligung einen armen Mann geheiratet, und als ob Armut noch keine hinreichende Strafe gewesen, wurde sie von ihren Angehörigen verlassen und von der Gemeinschaft ihrer nächsten Verwandten ausgeschlossen. Aber das Christfest war gekommen und die lieblosen Gesinnungen, welche das Jahr über die bessern Gefühle unterdrückt hatten, schmolzen unter seinem zauberischen Einflusse, wie die leichte Eisrinde unter der Morgensonne. Es gehört nicht viel dazu, dass Eltern in augenblicklicher Aufwallung ein ungehorsames Kind verdammen; aber sie in einer Zeit, wo alles nur herzliche Zuneigung und Heiterkeit atmet von dem häuslichen Herde, um den auch jenes schon bei so manchem Jahreswechsel an demselben Tage gesessen, bis das Kind allmählich zur Jungfrau heranwuchs und dann, fast unmerklich, auf einmal als ein stolzes schönes Weib dastand, zu verbannen und von sich zu stoßen, ist ein himmelweiter Unterschied. Die frostige Miene kaltsinniger Vergebung, welche sie, gleichsam mit vollem Rechte, angenommen hatte, stand der alten Dame sehr übel an, und als die arme Frau – kummerbleichen Angesichts und fast gebrochenen Herzens – doch nicht durch Armut (denn die konnte sie tragen), sondern im Bewusstsein unverdienter Hintansetzung und unverschuldeter Lieblosigkeit, von ihrer Schwester hereingeführt wurde, konnte man schnell sehen, was angenommen und was Natur war. Eine augenblickliche Pause folgte; die Tochter entschlüpft plötzlich ihrer Schwester und stürzt sich schluchzend ihrer Mutter in die Arme. Der Vater tritt rasch ein paar Schritte vor und drückt ihrem Manne die Hand. Alles drängt sich um sie her; herzliche Glückwünsche werden ausgetauscht und Fröhlichkeit und Einigkeit treten wieder in ihre alten Rechte.

Das Mahl lässt nichts zu wünschen übrig – alles geht aufs Beste, alles ist in der herrlichsten Stimmung und jedermann aufgelegt, sich und anderen zu gefallen; Großpapa erzählt ausführlich, wie er den Truthahn gekauft, und macht nur eine kleine Abschweifung, den Ankauf anderer Truthühner an früheren Christtagen betreffend – was Großmama in den kleinsten Einzelnheiten bestätigt. Onkel George gibt auch Geschichten zum Besten, zerlegt Geflügel, trinkt hie und da einmal, scherzt mit den Kindern, die am Seitentischchen sitzen, winkt den Cousins und Cousinen zu, einander Liebeserklärungen zu machen, oder sich machen zu lassen, und erheitert jedermann durch seinen guten Humor und seine freundliche Gastlichkeit. Wenn endlich eine stämmige kräftige Dirne mit einem riesenhaften Pudding – auf welchem ein Stechpalmenzweig steckt, hereintritt, bricht die junge Brut in ein helles Jauchzen aus, schlägt die kleinen runden Händchen zusammen und trampelt mit den dicken Stumpfüßchen, dass man ihre Lust bloß mit der frohlockenden Bewunderung vergleichen kann, mit welcher das erstaunliche Kunststück, brennenden Rum stückchenweise herauszuschöpfen, von ihnen aufgenommen wird. Und dann noch der Nachtisch! Und der Wein! Und die Späße! Und wie unterhaltend Tante Margarets Gatte ist! Man sieht jetzt erst, was er doch für ein artiger Mann ist, – und wie viel Aufmerksamkeit er für die Großmutter hat! Der Großvater singt nicht allein sein Lied, welches er jedes Jahr zum Besten gibt, mit beispielloser Kraft, sondern lässt sogar, in Erwiderung der ebenfalls jedes Jahr wiederkehrenden Artigkeit eines einstimmigen Dacaporufens ein neues los, welches außer der Großmutter noch niemand gehört hatte; und ein kleiner Bösewicht von Cousin, welcher bisher bei den Alten, wegen gewisser abscheulicher sowohl Unterlassungs- als Begehungssünden – (er hatte sich nämlich durchaus nicht wehren lassen und beharrlich in einem fort Burton-Ale getrunken) – etwas in Ungnade gefallen war, bringt auf einmal die erstaunte Gesellschaft in ein konvulsivisches Lachen, indem er sich den Spaß macht, aus eigenem Antriebe das tollste und komischste Zeug von der Welt zu singen.

So vergeht der Abend auf das Ordentlichste, froh und heiter, in traulicher Geselligkeit und Freude, und dies trägt weit mehr dazu bei, in jedem Sympathie für seine Nachbarn zu erwecken und die freundliche Zuneigung zu ihnen auch während des kommenden Jahres festzuhalten, als alle Sommer- und Winterpostillen, welche die gesamte Geistlichkeit der ganzen Welt je geschrieben hat.

Der Geist der gegenwärtigen Weihnacht

Neben dem Geist der vergangenen Weihnacht und dem Geist der zukünftigen Weihnacht ist der Geist der gegenwärtigen Weihnacht jener, der Scrooge die vielen Gesichter des Festes zeigt und ihm Menschlichkeit sowie Nächstenliebe nahebringt. Er führt Scrooge an verschiedene Orte. Es geht durch die Straßen Londons, wo wir angesteckt werden vom geschäftigen Weihnachtstrubel, in die Hütte armer Bergleute, zu einem einsamen Leuchtturm und auf die hohe See. Überall verbreitet das Weihnachtsfest seinen ganz eigenen Zauber, und Scrooge erfährt, warum es an Weihnachten so viel Harmonie und nur wenig Streit gibt.

»Ich bin der Geist der gegenwärtigen Weihnacht«, sagte dieser, »schau mich an!«

Scrooge tat es voller Ehrfurcht. Der Geist trug einen einfachen grünen Umhang mit weißem Pelzbesatz. Dies Gewand hing so lose um seine Gestalt, dass seine mächtige Brust entblößt war, als verschmähte er es, sie zu bedecken und zu verbergen; seine Füße, die aus den weiten Falten des Gewandes hervorschauten, waren ebenfalls nackt. Auf seinem Haupt trug er nichts als einen Stechpalmenkranz, an dem da und dort ein Eiszapfen schimmerte. Seine langen dunkelbraunen Locken flossen offen herab, und offen war auch der Ausdruck seines heiteren Gesichtes, seiner glänzenden Augen, seiner geöffneten Hand, seiner fröhlichen Stimme, seiner ungezwungenen Haltung und sein ganzes freundliches Aussehen. Sein Leib war mit einem antiken Wehrgehänge umgürtet, doch es steckte kein Schwert darin, und die alte Scheide war von Rost zerfressen.

»Du hast zuvor wohl meinesgleichen nie gesehen!«, rief der Geist aus.

»Niemals«, gab Scrooge zur Antwort.

»Hast nie mit den jüngeren Gliedern meiner Familie Verkehr gepflogen, ich meine damit (denn ich selbst bin sehr jung) meine älteren Brüder, die in den letzten Jahren zur Welt kamen?«, fuhr der Geist fort.

»Ich glaube nicht«, sagte Scrooge; »ich fürchte, nein. Hast du viele Brüder, Geist?«

»Mehr als achtzehnhundert«, sagte der Geist.

»Eine verdammt große Familie, wenn man für sie zu sorgen hat«, murmelte Scrooge.

Der Geist der heurigen Weihnachten erhob sich.

»Geist«, sagte Scrooge unterwürfig, »führe mich, wohin du willst. Vergangene Nacht ging ich nur gezwungen mit, doch da habe ich eine Lehre empfangen, die noch nachwirkt. Wenn du mich heute Nacht etwas lehren willst, so lass es mir von Nutzen sein.«

»Ergreife mein Gewand!«

Scrooge tat, wie ihm befohlen war, und packte es fest.

Stechpalmen, Mistelzweige, rote Beeren, Efeu, Truthühner, Gänse, Wildbret, Hühner, Rauchfleisch, Braten, Ferkel, Würste, Austern, Pasteten, Puddings, Früchte und Punsch, alles verschwand im Augenblick, und ebenso das Zimmer, das Kaminfeuer, das rötliche Licht, die nächtliche Stunde. Sie standen am Weihnachtsmorgen in den Straßen der Stadt, wo die Leute, denn das Wetter war bitterkalt, eine raue, aber nicht unerfreuliche Musik vollführten, indem sie den Schnee von ihren Türschwellen und Hausdächern herunterschaufelten; für die Jungens war es ein unbändiges Vergnügen, ihn auf die Straße herunterplumpsen und in kleinen künstlichen Schneestürmen zerstäuben zu sehen.

Die Häuserfronten sahen schwarz genug aus, und die Fenster hoben sich noch schwärzer gegen die glatte weiße Schneedecke der Dächer und auch gegen die schmutzigere des Erdbodens ab, in den die schwarzen Räder der Karren und Wagen tiefe Spuren gezogen hatten; Spuren, die sich dort, wo die großen Straßen abzweigten, wohl an die hundert Mal überschnitten und in dem dicken gelben Matsch des Schneewassers einander durchkreuzende Kanäle bildeten. Der Himmel war düster, und selbst die kürzesten Gassen verloren sich in einem schmutzigen, halb tauenden, halb frierenden Nebel, dessen schwerere Bestandteile sich in einem Schauer von Ruß niederschlugen, als ob alle Kamine Großbritanniens wie auf Verabredung sich gleichzeitig entzündet hätten und nun aus Herzenslust losbrannten. Weder das Wetter noch die Stadt hatte an sich etwas besonders Erheiterndes, und doch lag ein Schimmer der Freude darüber, den zu verbreiten die reinste Sommerluft und der glänzendste Sonnenschein sich vergeblich bemüht haben würden.

Denn die Leute, die den Schnee von den Dächern hinabschaufelten, waren fröhlich und voller Übermut und riefen einander von den Brüstungen zu und wechselten im Spaß dann und wann einen Schneeball – ein harmloseres Geschoss als manches Witzwort – und lachten herzlich, wenn er traf, und nicht minder herzlich, wenn er danebenging. Die Läden der Geflügelhändler waren noch halb offen und die der Fruchthändler strahlten in vollem Glanz. Da waren große, runde, dickbauchige Körbe voller Kastanien, umfangreich wie die Westen jovialer alter Herren, die, an den

Türen lehnend, in die Straßen hinauspurzelten in ihrer zum Schlagfluss neigenden Rundlichkeit. Da waren rötlichbraune, fleischige spanische Zwiebeln, die prall und fett glänzten wie spanische Bettelmönche und von ihren Borden den Mädchen, die ehrpusselig vorübergingen, zuzublinzeln schienen, wenn diese verstohlen nach dem über der Türe hängenden Mistelzweig[1] hinschauten. Da gab es duftende Pyramiden hoch aufgeschichteter Birnen und Äpfel zu sehen, Bündel von Trauben, die der wohlwollende Kaufmann recht in die Augen fallend aufgehängt hatte, dass sie dem Vorübergehenden das Wasser im Munde zusammenzogen, Haufen von Haselnüssen, moosig und braun, die mit ihrem Duft an verflossene Waldspaziergänge durch knöcheltiefes, raschelndes Laub erinnerten; da gab es feiste bräunliche Apfelschnitze aus Norfolk, von denen das leuchtende Gelb der Orangen und Zitronen abstach, die mit ihren saftigen Formen dringend darum baten, in Papiertüten nach Hause getragen und zum Nachtisch verspeist zu werden. Selbst die Gold- und Silberfische, die in einem Glas zwischen erlesenen Früchten ausgestellt waren, selbst diese Angehörigen einer stumpfen, kaltblütigen Art, schienen zu merken, dass etwas Besonderes los war, und schwammen schnappend in träger leidenschaftsloser Bewegtheit immer rund um ihre kleine Welt herum.

Und erst die Gewürzläden! Oh, diese Gewürzläden! Sie waren beinahe geschlossen, ein oder zwei Fensterladen waren vorgelegt, aber was konnte man durch die Ritzen alles erspähen! Nicht nur, dass die auf den Ladentisch aufsto-

1 Nach englischer Sitte darf man ein Mädchen küssen, dem man am Weihnachtstag unter dem Mistelzweig begegnet.

ßenden Waagschalen einen fröhlichen Klang gaben oder dass der Bindfaden so rasch von seiner Rolle schnurrte und die Blechbüchsen wie durch Zaubertricks auf- und abflogen oder auch, dass die vermischten Düfte von Tee und Kaffee so angenehm in die Nase drangen, oder dass die Rosinen in so seltener Fülle dalagen, die Mandeln so ausnehmend weiß, die Zimtstängel so lang und schlank waren, die übrigen Gewürze so köstlich dufteten, die kandierten Früchte so lecker mit geschmolzenem Zucker überkrustet waren, dass der kaltblütigste Betrachter sich schwach und gleich darauf magenkrank werden fühlte; nicht nur, dass die Feigen so saftig und fleischig waren, oder dass die französischen Pflaumen in ihrer herben Süße aus ihren reichdekorierten Büchsen so schüchtern hervorschauten, oder dass all dies so appetitlich und weihnachtlich geschmückt dalag – auch die Käufer waren alle von der hoffnungsfrohen Erwartung des Tages erfüllt, so voller Eile und Eifer, dass sie in den Türen gegeneinander rannten, mit ihren Weidenkörben einander anstießen und ihre Einkäufe auf dem Ladentisch liegen ließen und zurückliefen, um sie zu holen, und hundert ähnliche Unachtsamkeiten in bester Laune begingen; während der Gewürzkrämer und seine Leute so frisch und vergnügt waren, dass die blanken Messingherzen, die hinten ihre Schürzen zusammenhielten, ihre eigenen hätten sein können, zur allgemeinen Besichtigung und für die Weihnachtsdohlen dargeboten, die dran picken mochten, wenn sie Lust dazu verspürten.

Aber bald riefen die Glocken alle guten Leute zu Kirchen und Kapellen – und sie kamen in Scharen herbeigeströmt durch die Straßen in ihren besten Kleidern und mit ihren fröhlichsten Gesichtern. Und zu gleicher Zeit tauchten aus allen Nebenstraßen, aus Gässchen und namenlosen Winkeln unzählige Leute auf, die ihre Weihnachtsgerichte zum Bäcker brachten. Der Anblick dieser armen Schwelger schien den Geist sehr zu interessieren, denn er stellte sich, mit Scrooge zur Seite, in den Torweg einer Backstube, und wenn die Träger vorbeikamen, lüftete er den Deckel der Pfannen und sprengte ein paar Tropfen Weihrauch von seiner Fackel über die Gerichte. Es musste eine ganz ungewöhnliche Art von Fackel sein, denn ein- oder zweimal, als es böse Worte gab zwischen einigen der Träger, die einander angestoßen hatten, sprengte er ein paar Tropfen von ihr über sie hin, und sofort war die gute Laune wiederhergestellt. Denn sie sagten, es wäre eine Schande, sich am Weihnachtstag zu streiten. Und da hatten sie Recht, denn weiß Gott, das wäre es auch!

[...]

Mittlerweile war es dunkel geworden, und es schneite heftig in schweren Flocken, und als Scrooge und der Geist durch die Straßen gingen, da war das Leuchten der prasselnden Feuer in den Küchen und Wohnzimmern und andern Räumen ganz wunderbar anzusehen. Hier zeigte das Flackern der Flamme die Vorbereitungen zu einem gemütlichen Abendessen, mit Schüsseln, die am Feuer durch und durch buken; dunkelrote Vorhänge warteten darauf, zugezogen zu werden, um Kälte und Dunkelheit auszuschließen. Dort rannten alle Kinder des Hauses hinaus in den Schnee ihren verheirateten Schwestern und Brüdern, ihren Vettern, Onkeln und Tanten entgegen, um sie als Erste zu begrüßen. Hier wiederum fielen die Schatten sich versammelnder Gäste auf die heruntergelassenen Jalousien; dort trippelte eine Schar hübscher Mädchen, alle in Kapuzen und Pelzstiefeln, schwatzend, und alle auf einmal, leichtfüßig hinüber zu einem nachbarlichen Haus – und wehe dem Junggesellen, der sie erglühend eintreten sah, die listigen Hexen – oh, sie wussten das ganz genau.

Aber wenn ihr nach der Menge der Leute geurteilt hättet, die zu freundschaftlichen Zusammenkünften unterwegs waren, so hättet ihr gemeint, dass keiner zu Hause gewesen wäre, um sie willkommen zu heißen. Doch stattdessen erwartete man in jedem Hause Gäste und schichtete die Feuer hoch bis zum halben Schornstein hinauf; Gottes Segen über sie! Wie der Geist sich da freute und seine breite Brust entblößte und seine machtvolle Hand öffnete und im Vorübergehen freigebig seine harmlose, strahlende Freude versprühte auf alles, was in Reichweite kam. Sogar der Lampenanzünder, der vor ihnen her die dunkeln Straßen mit Lichtpünktchen tüpfelte und der schon festlich gekleidet war für den Abend, lachte laut, als der Geist vorbeikam, obwohl der Laternenanzünder ja gar nicht wusste, dass er einen andern Begleiter noch hatte als den Weihnachtsabend.

Und nun, ohne ein warnendes Wort von Seiten des Geistes, befanden sie sich auf einer öden verlassenen Heide, auf der große Steinblöcke herumlagen, als wäre es ein Begräbnisplatz von Riesen, und überall, wo es nur mochte, quoll Wasser hervor oder hätte es doch gerne getan, hätte nicht der Frost es im Bann gehalten, und nichts wuchs dort als Moos und Ginster und gewöhnliches saures Gras. Tief im Westen hatte die untergehende Sonne einen Streifen von feurigem Rot hinterlassen, der eben noch über diese Öde hinleuchtete, gleich einem Auge, das immer finsterer und finsterer wurde und sich schließlich in der undurchdringlichen Dunkelheit der schwärzesten Nacht verlor.

»Was für ein Ort ist dies?«, fragte Scrooge.

»Ein Ort, wo Bergleute leben, die in den Eingeweiden der Erde arbeiten«, entgegnete der Geist, »doch sie kennen mich, schau her!«

Ein Licht schien aus dem Fenster einer Hütte, und sie schwebten rasch darauf zu. Sie durchdrangen die Mauer aus Steinen und Lehm und fanden eine fröhliche Gesellschaft um ein glühendes Feuer versammelt; zwei uralte Eheleutchen mit ihren Kindern und den Kindern ihrer Kinder und noch einer folgenden Generation, alle angetan mit ihren bunten Festtagskleidern. Der alte Mann sang ein Weihnachtslied mit einer Stimme, die nur selten das Heulen des Windes auf dieser öden Hochfläche übertönte. Das Lied war schon alt gewesen, als er noch ein Knabe war; und von Zeit zu Zeit stimmten alle im Chor mit ein. Sobald ihre Stimmen sich erhoben, wurde der Gesang des alten Mannes munterer und lauter, wenn sie verstummten, sank er in sich zusammen und verlor an Kraft.

Hier verweilte der Geist nicht lange, sondern hieß Scrooge sich an seinem Gewand festhalten, und dann schwebten sie über das Moor geschwind – und wohin? Doch nicht auf die See? Ja, auf die See zu. Mit Entsetzen sah Scrooge, als er zurückblickte, das letzte Stückchen Land, eine gezackte Felskette, weit hinter sich, und seine Ohren wurden fast taub vom Donner der Brandung, die in die schrecklichen Höhlen, die sie ausgewaschen hatte, mit rasendem Gebrüll eindrang und das Land zu untergraben suchte. Etwa eine Meile weit von der Küste, auf einem öden Riff, dem letzten Rest versunkener Felsen, an dem die Wasser das ganze Jahr hindurch stürmten und tobten, stand ein einsamer Leuchtturm. Große Haufen von Seetang hingen an seinen Grundmauern, und Sturmmöwen – vom Winde geboren, könnte man meinen, wie Seetang vom Wasser – stiegen auf und nieder an ihm wie die Wogen, über die sie hinwegflogen.

Aber selbst hier hatten die beiden Männer, die das Licht betreuten, ein Feuer entzündet, das durch die Bullaugen in den dicken Steinmauern einen Strahl von Helligkeit hinaussandte auf die fürchterliche See. Die Männer reichten einander ihre schwieligen Hände über den rohen Tisch hinweg, an dem sie bei einer Kanne Grog saßen, und wünschten einander fröhliche Weihnachten; und der eine von ihnen, auch noch der ältere, dessen Gesicht von harten Wettern gegerbt und zerfurcht war wie die Galionsfigur eines alten Schiffes, stimmte ein raues Lied an, das wie das Heulen des Windes klang.

Und wieder machte sich der Geist auf, weiter über die dunkle, rollende See, weit fort, bis sie fern jeder Küste, wie er Scrooge sagte, sich auf einem Schiff niederließen. Sie standen neben dem Steuermann am Ruder, neben dem Ausguck im Bug, neben den wachhabenden Offizieren, dunklen gespenstischen Gestalten auf ihren verschiedenen Posten; aber jeder dieser Männer summte ein Weihnachtslied oder hatte weihnachtliche Gedanken oder erzählte einem seiner Kameraden von vergangenen Weihnachten, leise und voller Heimweh. Und jeder Mann an Bord, ob er wachte oder schlief, gut oder böse war, hatte an diesem Tag freundlichere Worte gehabt für die andern als an jedem andern Tag des Jahres und hatte irgendwie teil an der Feststimmung und erinnerte sich jener in der Ferne, denen seine Sorge galt, und wusste, dass auch sie in Liebe seiner gedachten.

Es war eine große Überraschung für Scrooge, als er so dem Geheul des Windes lauschend darüber nachsann, welch eine feierliche, ernste Angelegenheit es doch sei, in einsamer Finsternis über unbekannten Abgründen zu schweben, deren Tiefe so geheimnisvoll war wie der Tod; es war eine große Überraschung für Scrooge – sage ich –, während er in diesen Gedanken befangen war, mit einmal ein herzliches Lachen zu vernehmen, und noch mehr überraschte es ihn, dies Lachen als das seines eigenen Neffen zu erkennen und sich in einem hellen, trockenen, behaglichen Zimmer zu finden, mit dem Geist an seiner Seite, der auf ebendiesen Neffen mit wohlwollendem Lächeln herniederblickte.

Kostbare Erinnerungen

»Ein kleiner Schlüssel kann eine schwere Tür öffnen.«

Zur Strecke gebracht

Fröhlich und glücklich

Nicht nur in Der Weihnachtsabend *gibt es Begegnungen mit Geistern. Wie Ebenezer Scrooge trifft auch Mr. Redlaw, der »Verwünschte« in Dickens gleichnamiger Weihnachtsgeschichte (*The Haunted Man and the Ghost's Bargain, *1843) auf einen Geist, der ihm das Gute vor Augen führt. Der angesehene Gelehrte und Chemiker kann sich nicht vom Kummer seiner Vergangenheit lösen, und erst der Geist, ein »grausiges Konterfei seines eigenen Selbst«, zeigt ihm, wie kostbar selbst schmerzliche Erinnerungen sind: Sie machen uns zu den mitfühlenden Wesen, die wir sind. Doch noch sind wir am Anfang der Erzählung. Zur Dämmerstunde schauen wir in Mr. Redlaws Stube. In dem alten Kamin aus Eichenholz brennt ein Feuer, das wurmstichige Gebälk stöhnt und die derbe Holzverkleidung ächzt. Der Diener, der rotbackige und gutmütige William Swidger, ist gerade dabei, das Abendessen zu servieren, als seine Frau Milly zusammen mit Williams Vater Philipp das Zimmer betritt. Philipp, ein Greis von »siebenundachtzig« (!) Jahren, weiß dem trübsinnigen Mr. Redlaw von lange zurückliegenden Weihnachten zu berichten.*

»Was trägt der Alte im Arm?«, fragte Mr. Redlaw, als er sich zu seinem einsamen Mahl hinsetzte.

»Stechpalmenzweige, Sir«, erwiderte Mrs. Williams ruhige Stimme.

»Das habe ich immer gesagt«, fiel Mr. William ein und reichte das Schüsselchen hin. »Beeren passen so gut für die Jahreszeit! – Braune Sauce!«

»Wieder ein Weihnachten da, wieder ein Jahr vorüber!«,

murmelte der Chemiker mit einem trüben Seufzer. »Immer mehr Ziffern in der stets länger werdenden Summe von Erinnerungen, die wir beständig zu unserer Qual nachrechnen, bis der Tod alles durcheinanderwirft und wegwischt. Philip!«, sagte er, sich unterbrechend und mit erhobener Stimme den Alten anredend, der im Hintergrunde stand. Er hielt das dunkelgrüne glänzende Laub auf dem Arm, und die ruhige Mrs. William nahm kleine Zweige davon, die sie geräuschlos mit der Schere beschnitt und damit das Zimmer ausschmückte, während ihr alter Schwiegervater sehr interessiert ihrer Tätigkeit zusah.

»Ihr gehorsamster Diener, Sir«, sagte der Alte. »Hätte früher gesprochen, Sir, aber kenne Ihre Art, Mr. Redlaw – bin stolz darauf – und warte, bis man mich anredet! Fröhliche Weihnachten, Sir, und glückliches Neujahr, und noch viele davon. Habe selbst eine hübsche Anzahl davon erlebt – ha, ha! – und darf mir die Freiheit nehmen, sie anderen zu wünschen. Bin siebenundachtzig!«

»Habt Ihr viele erlebt, die fröhlich und glücklich waren?«, fragte der andere.

»Ja, Sir, sehr viele«, entgegnete der Alte.

»Hat sein Gedächtnis vom Alter gelitten? Es lässt sich erwarten«, sagte Mr. Redlaw leiser, zum Sohn gewendet.

»Nicht ein bisschen, Sir«, erwiderte Mr. William. »Das sage ich immer, Sir. Habe noch kein solches Gedächtnis gesehen, wie mein Vater hat. Er ist der wunderbarste Mann von der Welt. Er weiß nicht, was Vergessen heißt. Das sage ich auch immer zu Mrs. William, Sir, Sie können mir's glauben.«

In seinem höflichen Verlangen, um keinen Preis zu widersprechen, sagte Mr. Swidger dies, als ob kein Buchstabe

Widerspruch darin wäre und er alles in unbegrenzter und unbedingter Übereinstimmung mit dem Fragenden vorbrächte.

Der Chemiker schob den Teller von sich, stand vom Tisch auf und ging nach der Tür, wo der Alte stand und ein kleines Zweiglein Stechpalme, das er in der Hand hielt, betrachtete.

»Es erinnert an die Zeit, wo viele dieser Jahre alt und neu waren!«, sagte er, indem er ihn aufmerksam ansah und seine Schulter berührte. »Nicht wahr?«

»Oh, viele, viele!«, sagte Philip, halb aus seinen Sinnen erwachend. »Ich bin siebenundachtzig.«

»Fröhlich und glücklich, nicht wahr?«, sagte der Chemiker mit gedämpfter Stimme weiter. »Fröhlich und glücklich, Alter?«

»Vielleicht so groß, nicht größer«, sagte der Alte und bezeichnete mit der Hand die Höhe seines Knies, während er den Fragenden mit einem Gesicht anschaute, das in ferne Zeiten zu blicken schien, »war ich an dem ersten Christfest, dessen ich mich erinnere! Ein kalter, heller Tag war es draußen im Freien, als mir jemand – so gewiss Sie dort stehen, war's meine Mutter, obgleich ich mich nicht erinnern kann, wie ihr liebes Gesicht aussah, denn sie legte sich noch dieselben Weihnachten hin und starb – sagte, diese Beeren wären Futter für die Vögel. Der hübsche kleine Kerl – das bin ich, müssen Sie wissen – glaubte, dass die Vögel so glänzende Augen hatten, weil die Beeren, von denen sie im Winter lebten, so glänzend waren. Ich erinnere mich dessen noch, und ich bin siebenundachtzig!«

»Fröhlich und glücklich!«, sagte der andere vor sich hin und sah mit seinen dunklen Augen mitleidig lächelnd die alte, gebeugte Gestalt an. »Fröhlich und glücklich – und an alles sich erinnern?«

»Ja, ja, ja!«, sagte der Alte, die letzten Worte vernehmend. »Ich kann mich noch recht gut auf die Feiertage besinnen aus meiner Schulzeit und das lustige Leben, das sie mit sich brachten. Ich war damals ein starker Bursche, Mr. Redlaw, und Sie können mir's glauben, ich hatte nicht meinesgleichen im Ballschlagen auf zehn Meilen in der Runde. Wo ist mein Sohn William? Hatte nicht meinesgleichen im Ballspiel, William, auf zehn Meilen in der Runde!«

»Das habe ich immer gesagt, Vater!«, erwiderte der Sohn rasch und mit großer Ehrerbietung. »Ihr seid ein Swidger, wie es je einen in der Familie gab!«

»Gott!«, sagte der Alte und schüttelte den Kopf, während er auf die Stechpalmenzweige blickte. »Seine Mutter – mein Sohn William ist mein Jüngster – und ich, wir haben mitten unter ihnen gesessen, Knaben und Mädchen, groß und klein, manches Jahr, wenn die Beeren wie diese hier nicht halb so glänzten wie ihre schmucken Gesichter. Viele von ihnen sind hinüber; sie ist hinüber, und mein Sohn George (unser Ältester, auf den sie stolzer war als auf alle übrigen) ist tief, tief gesunken! Aber wenn ich das hier anblicke, kann ich sie alle sehen, lebend und gesund, wie sie in jenen Tagen waren; und Gott sei Dank, auch ihn kann ich sehen in seiner Unschuld. Es ist ein großer Gottessegen für mich bei siebenundachtzig Jahren.«

Der scharfe Blick, der ihn so ernst angeschaut, hatte allmählich den Boden gesucht.

»Und als sich meine Verhältnisse verschlechterten, weil man nicht ehrlich mit mir verfuhr, und ich zuerst hierherkam als Kastellan«, sagte der Alte, »das ist über fünfzig Jahre her – wo ist mein Sohn William? Über ein halbes Jahrhundert her, William!«

»Das sage ich auch, Vater«, entgegnete William so rasch und ehrerbietig wie vorhin. »Das ist ganz richtig so. Zweimal Null ist Null und zweimal fünf ist zehn, macht hundert.«

»Da war es ordentlich eine Freude, zu wissen, dass einer unserer Gründer oder, richtiger gesagt«, verbesserte sich der Alte mit einer wahren Freude an dem Gegenstand seiner Rede und seiner Kenntnis davon, »einer der gelehrten Herren, die uns zu Königin Elisabeths Zeit beschenkten – denn wir waren schon viel früher gegründet –, in seinem Testament unter anderen Schenkungen eine Summe aussetzte, um jede Weihnachten Stechpalme zum Ausschmücken der Wände und Fenster zu kaufen. Darin lag etwas Freundliches und Gemütliches. Als wir damals noch ganz fremd zur Weihnachtszeit hierherkamen, fassten wir ordentlich eine Liebe zu seinem Bilde, das in dem Saale hing, der früher, ehe die zehn armen Studenten anstatt des Tisches ein Geldstipendium bekamen, unser großer Speisesaal war. – Ein gesetzter Gentleman mit Spitzbart in einer Halskrause, und unter dem Bilde steht mit gotischen Buchstaben: ›Herr! Erhalte mein Gedächtnis frisch!‹ Sie wissen es ja, Mr. Redlaw.«

»Ich weiß, dass das Bild dort hängt, Philip.«

»Ja, es ist das zweite rechts über dem Eichengetäfel. Ich wollte eben sagen: Er hat mir das Gedächtnis frisch erhalten; denn wenn ich alljährlich so wie heute durch die alten Gemächer gehe und sie auffrische mit diesen Zweigen und Beeren, so frischt das auch mein Gedächtnis auf. Ein Jahr bringt das andere zurück, und das andere wieder andere, und diese anderen eine ganze Menge! Zuletzt wird es mir, als ob der Geburtstag unseres Herrn zugleich der Geburtstag von allem wäre, was ich geliebt, gekannt oder woran ich mich erfreut habe – und das ist gar vieles, denn ich bin siebenundachtzig!«

»Fröhlich und glücklich«, sagte Redlaw vor sich hin.

Ein seltsames Dunkel fing an sich im Zimmer zu verbreiten.

»Sie sehen also, Sir«, fuhr der alte Philip fort, dessen gesunde Greisenwangen sich mehr röteten und dessen blaue Augen lebhafter zu leuchten anfingen, als er sprach, »ich habe viel zu feiern, wenn ich dieses Fest feiere. Nun, wo ist mein stilles Mäuschen? Schwatzen ist die Erbsünde meiner Jahre, und die Hälfte der Zimmer ist noch zu schmücken, wenn die Kälte uns nicht erst erstarren macht, der Wind uns nicht wegbläst oder die Dunkelheit uns nicht verschlingt.«

Das stille Mäuschen stand neben ihm und nahm schweigend seinen Arm, ehe er ausgesprochen hatte.

»Komm, Liebe«, sagte der Alte. »Mr. Redlaw kommt sonst nicht eher zum Essen, als bis es so kalt ist wie der Winter. Sie werden mein Geplauder verzeihen, Sir, und ich wünsche Ihnen gute Nacht [...]«

Der Christbaum

*In dieser wunderschönen kleinen Weihnachtserzählung (*A Christmas Tree*, 1850) dürfen wir an den Kindheitserinnerungen des Erzählers teilhaben und zusammen mit ihm abschweifen in eine Welt der Phantasie und der verborgenen Geschichten, die hinter den Dingen auf uns warten. Eine tiefgründige und bewegende Ode an die Vergangenheit.*

Ich habe heute Abend einer fröhlichen Kindergesellschaft zugesehen, die um jenes hübsche deutsche Spielzeug, den Christbaum, versammelt war. Der Baum stand in der Mitte eines großen runden Tisches und ragte hoch über die kleinen Köpfe der Kinder empor. Er war mit einer Menge kleiner Kerzen besetzt, die ihn in hellem Licht erstrahlen ließen, und überall funkelten und glitzerten bunte Gegenstände an ihm. Da gab es rosenwangige Puppen, die sich hinter den grünen Blättern verbargen; da gab es richtige Uhren (wenigstens mit beweglichen Zeigern und der Möglichkeit, sie endlos aufzuziehen), die von zahllosen Zweigen herabbaumelten; da gab es polierte Tische, Stühle, Bettstellen, Kleiderschränke, Achttageuhren und verschiedene andere Möbelstücke (in Wolverhampton wunderbar aus Zinn angefertigt), die mitten in den Baum gesetzt waren, als sollten sie für einen Feenhaushalt Verwendung finden; da gab es fröhliche, breitgesichtige kleine Männer, die viel angenehmer anzusehen waren als viele richtige Männer, und das war auch kein Wunder, denn ihre Köpfe waren abnehmbar, und dann konnte man sehen, dass sie voll Zuckermandeln steckten; da gab es Fiedeln und Trommeln, Tamburine, Bücher, Arbeitskästen, Malkästen, Bonbonkästen, Guckkästen und alle möglichen anderen Kästen; da gab es Geschmeide für die älteren Mädchen, das viel heller glitzerte als die Gold- und Juwelensachen für die Erwachsenen; da gab es Körbchen und Nadelkissen in allen möglichen Ausführungen; Flinten, Säbel und Fahnen; Hexen, die in Zauberkreisen von Pappe standen, um zu weissagen; Drehwürfel, Kreisel, Nadelbehälter, Federwischer, Riechfläschchen, Konversationskarten, Blumenvasen; wirkliche Früchte, die durch Goldpapier einen künstlichen Glanz erhalten hatten; nachgeahmte Äpfel, Birnen und Nüsse, die vollgestopft mit Überraschungen waren; kurz, wie ein hübsches Kind vor mir einem anderen hübschen Kinde, seiner Busenfreundin, zuflüsterte: »Es gab alles und noch mehr.« Diese bunte Sammlung von allen möglichen Gegenständen trug der Baum wie einen Behang von Zauberfrüchten, und die hellen Augen, die von allen Seiten darauf gerichtet waren, spiegelten sich darin. Einige von den Diamanten-Augen, die sie bewunderten, reichten dabei kaum bis an den Tisch und einige andere lagen sogar noch in schüchterner Verwunderung an der Brust hübscher Mütter, Tanten und Ammen. Das Ganze aber erschien mir wie eine lebhafte Verwirklichung der phantastischen Träume der Kindheit, und ich dachte daran, wie alle Bäume, die wachsen, und alle anderen Dinge, die auf Erden ins Dasein treten, ihren wilden Schmuck zu dieser unvergesslichen Zeit tragen.

Da ich jetzt wieder zu Hause und allein bin, als Einziger im ganzen Hause noch wach, werden meine Gedanken durch einen Zauber, dem ich mich nicht ungern überlasse, zu meiner eigenen Kindheit zurückgezogen. Ich beginne zu überlegen, welche Gegenstände uns wohl am besten in der Erinnerung geblieben sind, wenn wir uns die Zweige des

Christbaumes unserer eigenen Kindertage vergegenwärtigen, an dem wir uns ins wirkliche Leben emporschwangen.

Gerade in der Mitte des Zimmers, in seinem freien Wuchs durch keine einschließenden Mauern oder eine bald erreichte Decke eingeengt, erhebt sich ein schattenhafter Baum. Ich blicke zu der träumerischen Helligkeit seiner Spitze empor – denn ich beobachte an diesem Baum die sonderbare Eigenschaft, dass er nach unten gegen die Erde zu zu wachsen scheint – und ich nehme meine jüngsten Weihnachtserinnerungen wahr!

Zuerst lauter Spielzeug, wie ich finde. Dort oben zwischen den grünen Stechpalmenzweigen und den roten Beeren befindet sich der Clown mit den Händen in den Taschen, der sich niemals niederlegen wollte, sondern, wenn man ihn auf den Boden legte, hartnäckig seinen fetten Körper rundherum drehte, bis er sich ausgerollt hatte. Dann starrte er mich mit seinen Hummeraugen an, und ich tat so, als ob ich fürchterlich lachen müsste, aber im innersten Herzen kam er mir unheimlich genug vor. Dicht neben ihm befindet sich jene infernalische Schnupftabaksdose, aus der ein dämonischer Ratsherr im schwarzen Talar, mit einem Kopf voll verwilderter Haare und weit geöffnetem Mund, aus rotem Tuch heraussprang. Er war ein ganz unerträglicher Geselle; man konnte ihn aber auch nicht loswerden. Denn er pflegte plötzlich in stark vergrößertem Zustand in Träumen aus Mammut-Schnupftabaksdosen hervorzuschnellen, wenn man es am wenigsten erwartete. Auch der Frosch mit dem Schusterpech auf dem Schwanz ist nicht weit weg. Man konnte niemals wissen, wohin er springen würde; und wenn er über die Kerze geflogen kam und sich mit seinem gefleckten Rücken – rot auf grünem Grunde –

auf der Hand niederließ, dann war er schrecklich. Die Karton-Dame in dem blauen Seidenkleid, die man zum Tanzen gegen den Leuchter stellte und die ich auf demselben Zweige wahrnehme, war harmloser, und außerdem war sie schön. Das Gleiche kann ich aber nicht von dem größeren Karton-Mann behaupten, der auf der Wand aufgehängt und an einem Faden gezogen wurde. Um seine Nase lag ein finsterer Ausdruck, und wenn er sich die Beine um den Hals schlug (was er sehr oft tat), war er schaudererregend und kein Wesen, mit dem man gern allein war.

Wann blickte mich jene schreckliche Maske zum ersten Mal an? Wer setzte sie auf, und weshalb war ich so erschrocken, dass ihr Anblick ein Einschnitt in meinem Leben ist? Sie ist nicht an sich selbst ein schreckliches Gesicht; sie sollte sogar komisch wirken; weshalb erschienen mir dann ihre blöden Züge so unerträglich? Sicherlich nicht nur deshalb, weil sie das Gesicht des Trägers verhüllte. Das hätte auch eine Schürze getan, und wenn es mir auch lieber gewesen wäre, dass die Schürze abgelegt würde, so wäre sie mir doch nicht so ganz unerträglich gewesen wie die Maske. War es ihre Unbeweglichkeit? Das Gesicht der Puppe war auch unbeweglich, und doch hatte ich keine Angst vor ihr. Vielleicht rief diese plötzliche starre Veränderung, die über ein wirkliches Gesicht kam, in meinem klopfenden Herzen eine entfernte Erinnerung und eine Furcht vor der großen Veränderung wach, die dereinst über jedes Gesicht kommen und es still machen wird? Jedenfalls konnte mich nichts mit der Maske aussöhnen. Keine Trommler, die beim Drehen eines Griffs ein melancholisches Zirpen vernehmen ließen; kein Regiment Soldaten mit einer stummen Musikkapelle, die aus einer Schachtel hervorgeholt und einer nach dem andern auf einem Drahtgestell aufgestellt werden konnten; kein altes Weib, das aus brauner Pappe und Drähten hergestellt war und ständig für zwei kleine Kinder eine Pastete in Stücke schnitt – nichts konnte mir lange Zeit einen dauernden Trost gewähren. Auch nützte es nichts, wenn mir gezeigt wurde, dass die Maske bloß ein Stück Pappe war, oder wenn sie eingeschlossen wurde und ich sicher sein konnte, dass niemand sie trug. Die bloße Erinnerung an dieses starre Gesicht, das bloße Wissen, dass sie irgendwo existierte, genügte, dass ich in der Nacht vor Entsetzen mit Schweiß bedeckt aufwachte mit dem Schrei: »Oh, ich weiß, sie kommt! Oh, die Maske!«

Ich habe mich damals nie gefragt, woraus der liebe alte Esel mit den Tragkörben – da ist er wieder! – gemacht war. Ich erinnere mich daran, dass seine Haut sich wie lebendig anfühlte. Und das große schwarze Pferd mit den runden roten Tupfen überall – das Pferd, das ich sogar besteigen konnte –, ich habe mich nie gefragt, wieso es so sonderbar aussah, und es kam mir nie der Gedanke, dass man ein solches Pferd in Newmarket gewöhnlich nicht zu sehen bekam. Die vier farblosen Pferde neben ihm, die in den Käsewagen eingespannt und wieder ausgespannt und unter das Piano in den Stall gestellt werden konnten, scheinen Stückchen von Pelzkragen als Schwänze und Mähnen zu haben und auf Pflöcken statt auf Beinen zu stehen. Als sie als Weihnachtsgeschenk nach Hause gebracht wurden, verhielt sich das freilich nicht so. Damals war nichts an ihnen auszusetzen; und auch ihr Geschirr war nicht ohne alle Umstände an ihre Brüste genagelt, wie es jetzt der Fall zu sein scheint. Die klingelnden Werke des Musikkarrens bestanden, wie ich herausfand, aus Federkiel-Zahnstochern und Draht. Immer hielt ich den kleinen Clown in Hemdärmeln, der beständig auf der einen Seite einer Holzleiter hinauf- und auf der anderen mit dem Kopfe voran wieder hinunterlief, für einen ziemlichen Schafskopf. Die Jakobsleiter neben ihm aber aus kleinen Quadraten von rotem Holz, die sich klappernd übereinanderschoben, wobei auf jedem ein anderes Bild erschien und kleine Glöckchen das Ganze belebten, war ein mächtiges Wunder und eine große Herzensfreude.

Ah! Das Puppenhaus! – das sich nicht in meinem Besitz befand, aber zu dem ich als Besucher Zutritt hatte. Ich bewundere die Parlamentsgebäude nicht halb so sehr wie dieses Haus mit steinerner Front, mit richtigen Glasfenstern und Türschwellen und einem richtigen Balkon – grüner, als ich jetzt je einen zu sehen bekomme, ausgenommen in Badeorten, und selbst da sind sie bloß eine schwache Nachahmung. Und obwohl die ganze Hausfront auf einmal aufging – dies war ein Schlag, wie ich einräumen muss, da es die Fiktion einer Treppe zerstörte –, so brauchte ich sie nur wieder zuzumachen, und dann konnte ich wieder daran glauben. Selbst wenn es geöffnet war, gab es drei gesonderte Zimmer darin: ein Wohnzimmer und ein Schlafzimmer, beide elegant möbliert, und als Bestes von allem eine Küche mit ungewöhnlich feinen Feuereisen, einer reichen Ausstattung an winzigen Geräten – oh, die Wärmflasche! – und einem zinnernen Koch im Profil, der stets dabei war, zwei Fische zu braten. Wie habe ich doch bei den Barmeciden-Schmäusen[2] von den hölzernen Schüsseln geschwelgt,

2 In Tausendundeiner Nacht setzt ein Mann namens Barmecide einem Bettler leere Schüsseln vor und tut dergleichen, als wären herrliche Speisen und Wein darin.

auf deren jeder eine besondere Delikatesse, wie ein Schinken oder ein Truthahn, festgeklebt und mit etwas Grünem, das ich als Moos in der Erinnerung habe, garniert war! Alle Mäßigkeitsvereine, die in den letzten Jahren entstanden sind, zusammen hätten mir nicht einen so köstlichen Nachmittagstee vorsetzen können, wie ich ihn aus jenem kleinen Steingutservice genossen habe. Es war wirkliche Flüssigkeit darin (sie lief aus dem kleinen hölzernen Fässchen, erinnere ich mich, und schmeckte nach Streichhölzern), und der Tee wurde in dem Geschirr zum Nektar. Und wenn die beiden Beine der unnützen kleinen Zuckerzange übereinanderstürzten und, wie Kasperles Hände, zwecklos in der Luft umherfuhren, was tat das? Und wenn ich einstmals aufschrie wie ein vergiftetes Kind und die vornehme Gesellschaft in Verwirrung brachte, weil ich einen kleinen Teelöffel, den ich unachtsamerweise in zu heißem Tee sich hatte auflösen lassen, getrunken hatte, so hat das mir auch nichts weiter geschadet, höchstens dass ich ein Pulver einnehmen musste.

Auf den folgenden Zweigen des Baumes weiter unten, nahe bei der grünen Walze und den Miniatur-Gartengerätschaften, beginnen die Bücher in Massen zu hängen. Zuerst nur dünne Bücher an und für sich, aber in großer Zahl und mit hübschen glatten glänzend roten oder grünen Einbänden. Aber jetzt verändert sich der ganze Baum und wird zu einer Bohnenranke – die wunderbare Bohnenranke, an der Jack nach dem Hause des Riesen emporkletterte! Und nun beginnen diese furchtbar interessanten doppelköpfigen Riesen mit ihren Keulen über den Schultern massenhaft an den Zweigen entlangzuschreiten, indem sie Ritter und Damen an dem Haar nach Hause schleifen, um sie zu verspeisen. Und Jack, wie edel mit seinem scharfen Schwert und seinen schnellen Schuhen! Wie ich zu ihm emporblicke, kommen mir die alten Gedanken wieder in den Sinn. Ich frage mich, ob es mehr als einen Jack gegeben hat (was ich nicht gern für möglich halten möchte) oder bloß den einen echten ursprünglichen bewundernswerten Jack, der alle die berichteten Heldentaten vollführt hat.

Gut zur Weihnachtszeit passt die rötliche Farbe des Mantels, in dem – während der Baum an sich selbst einen Wald für sie bildet, durch den sie mit ihrem Körbchen hindurchtrippelt – Rotkäppchen an einem Christabend zu mir kommt. Sie erzählt mir von der Grausamkeit und Verräterei des heuchlerischen Wolfs, der ihre Großmutter auffraß, ohne dass das auf seinen Appetit irgendwelchen Eindruck machte, und dann sie fraß, nachdem er sich jenen grimmigen Scherz über seine Zähne geleistet hatte. Sie war meine erste Liebe. Ich fühlte, dass ich in der Ehe mit Rotkäppchen vollkommen glücklich hätte werden können. Jedoch sollte es nicht sein; und es ließ sich nichts weiter tun, als den Wolf in der Arche Noah dort herauszusuchen und ihn in der Prozession auf dem Tisch ans Ende zu setzen, als ein Ungeheuer, das gebrandmarkt werden musste. O die wunderbare Arche Noah! Sie erwies sich als nicht seetüchtig, als ich sie in einen Waschzuber steckte, und die Tiere wurden durch das Dach hineingezwängt, und selbst da mussten ihre Beine erst ordentlich geschüttelt werden, bevor man sie hineinbekam. Waren sie aber drin, so war zehn gegen eins zu wetten, dass sie wieder zur Tür hinausstürzten, die nur unvollkommen mit einer Drahtklinke geschlossen war. Jedoch was machte das alles! Man betrachte die edle Fliege, die nur wenig kleiner war als der

Elefant; den Marienkäfer, den Schmetterling – alles Triumphe der Kunst! Man betrachte die Gans, deren Füße so klein und deren Gleichgewicht so unsicher war, dass sie gewöhnlich nach vorn stürzte und die ganze Tierwelt umriss. Man betrachte Noah und seine Familie, die wie idiotische Pfeifenstopfer aussahen. Der Leopard blieb an warmen kleinen Fingern haften und die Schwänze der größeren Tiere lösten sich nach und nach in ausgefaserte Bindfadenstückchen auf.

Still! Wiederum ein Wald und jemand oben in einem Baume – nicht Robin Hood, nicht Valentine, nicht der gelbe Zwerg, sondern ein orientalischer König mit funkelndem Krummsäbel und Turban. Ja, bei Allah! Zwei orientalische Könige, denn ich nehme noch einen zweiten wahr, der ihm über die Schulter blickt! Unten im Gras am Fuße des Baumes liegt, der Länge nach ausgestreckt, ein kohlschwarzer Riese schlafend da. Sein Haupt ruht im Schoß einer Dame, und neben ihnen steht ein Glaskasten mit vier Schlössern von glänzendem Stahl, in dem er die Dame gefangen hält, wenn er wach ist. Ich sehe die vier Schlüssel jetzt an seinem Gürtel. Die Dame macht den beiden Königen im Baum Zeichen, und sie steigen behutsam herab. Es ist der Beginn der wundervollen Tausendundeinen Nacht.

Oh, jetzt werden alle gewohnten Gegenstände ungewohnt und verzaubert für mich. Alle Lampen sind Zauberlampen, alle Ringe Talismane. Gewöhnliche Blumentöpfe sind voller Schätze, oben mit ein wenig Erde zugedeckt; in den Bäumen hat sich Ali Baba versteckt; Beefsteaks sind dazu bestimmt, in das Diamantental hinabgeworfen zu werden, dass die kostbaren Steine an ihnen haften bleiben und von den Adlern in ihre Nester getragen werden, aus denen sie die Händler mit lauten Schreien verscheuchen werden. Torten werden nach dem Rezept des Sohnes des Wesirs von Basra angefertigt, der Zuckerbäcker wurde, nachdem er in Unterhosen am Tore von Damaskus abgesetzt worden war; Schuhflicker sind sämtlich Mustafas und pflegen gevierteilte Leute einzunähen, zu denen sie mit verbundenen Augen geführt werden.

Jeder in einen Stein eingelassene Eisenring ist der Eingang zu einer Höhle, die nur auf den Zauberer und das kleine Feuer und die Zauberformel wartet, die die Erde zum Beben bringen wird. Alle eingeführten Datteln stammen von demselben Baum wie jene unglückselige Dattel, mit deren Schale der Kaufmann dem unsichtbaren Sohn des Dschinns das Auge ausschlug. Alle Oliven kommen von dem Baum jener frischen Frucht, über die der Herrscher der Gläubigen zufällig den Jungen den fingierten Prozess gegen den betrügerischen Olivenhändler führen hörte; alle Äpfel haben etwas mit dem Apfel zu schaffen, der (zusammen mit zwei anderen) um drei Zechinen von dem Gärtner des Sultans erstanden wurde und den der große schwarze Sklave dem Kinde stahl. Alle Hunde erinnern an den Hund, in Wirklichkeit ein verzauberter Mensch, der auf den Ladentisch des Bäckers sprang und seine Pfote auf das falsche Geldstück setzte. Bei jedem Reis taucht der Gedanke an den Reis auf, den die schreckliche Dame, die eine Ghule war, nur körnerweise picken konnte, weil sie nächtlicherweile auf dem Friedhof schmauste. Sogar mein Schaukelpferd – dort steht es mit ganz und gar nach außen gewendeten Nasenlöchern, einem Zeichen von Blutdurst! – sollte einen Pflock im Nacken haben, durch dessen Kraft es mit mir davonfliegen könnte, wie es das hölzerne Pferd angesichts des ganzen Hofstaats seines Vaters mit dem Prinzen von Persien machte.

Ja, über jeden Gegenstand, den ich zwischen den oberen Zweigen meines Christbaumes erkenne, ist dieses feenhafte Licht ausgegossen! Wenn ich an den kalten, finsteren Wintermorgen bei Tagesanbruch im Bett aufwache und den weißen Schnee draußen durch den Frost auf der Fensterscheibe undeutlich wahrnehme, dann höre ich Dinarzade sprechen:

»Schwester, Schwester, wenn du noch wachst, dann bitte ich dich, die Geschichte des jungen Königs von den schwarzen Inseln zu beenden.«

Scheherazade erwidert darauf:

»Wenn mein Herr, der Sultan, mich noch einen Tag am Leben lassen will, will ich nicht nur diese beenden, sondern dir eine noch wunderbarere erzählen.«

Darauf geht der gnädige Sultan aus dem Gemach, ohne Befehl zur Hinrichtung zu geben, und wir atmen alle drei auf.

Auf dieser Höhe meines Baumes beginne ich einen ungeheuren Nachtmahr wahrzunehmen, der zwischen den Blättern kauert. Vielleicht kommt er von diesen vielen Geschichten her, vielleicht ist er auch die Folge eines an Truthahn oder Pudding oder Fleischpastete verdorbenen Magens, lebhafter Phantasie und zu viel Arzneien. Er ist so außerordentlich undeutlich, dass ich nicht weiß, warum er so furchtbar ist – aber ich weiß, dass er es ist. Ich unterscheide bloß eine kolossale Menge gestaltloser Gegenstände, die auf einer ungeheuren Vergrößerung des Drahtgestells für die Soldaten aus der Schachtel aufgepflanzt zu sein scheinen. Das Ganze kommt langsam bis dicht an meine Augen heran und entweicht dann wieder in unermessliche Fernen. Wenn es ganz nahe kommt, ist es am schlimmsten. In Verbindung damit tauchen Erinnerungen an unglaublich lange Winternächte auf; an ein frühes Zu-Bett-geschickt-werden als Strafe für irgendein kleines Vergehen und ein Erwachen nach zwei Stunden, mit dem Gefühl, zwei Nächte lang geschlafen zu haben; an die schwere Hoffnungslosigkeit, dass der Morgen je wieder dämmern würde; und an die drückende Last eines bösen Gewissens.

Und jetzt sehe ich eine wunderbare Reihe kleiner Lichter vor einem großen grünen Vorhang sich ruhig aus dem Boden erheben. Jetzt ertönt eine Glocke – eine Zauberglocke, die noch jetzt ganz anders als alle anderen Glocken in meinen Ohren klingt – und Musik spielt zwischen einem Stimmengesumm und dem Duft von Orangenschalen und Öl. Nun befiehlt die Zauberglocke der Musik zu schweigen, der große grüne Vorhang geht majestätisch in die Höhe und die Vorstellung beginnt! Der treue Hund Montargis' rächt den Tod seines Herrn, der im Walde von Bondy heimtückisch ermordet worden ist. Ein humoristischer Bauer mit einer roten Nase und einem sehr kleinen Hut, den ich von Stund an als Freund in mein Herz schließe, bemerkt dazu, der Schafsinn dieses Hundes wäre wirklich überraschend. Ich glaube, er war ein Kellner oder ein Hausknecht in einem Dorfgasthaus, aber es sind viele Jahre seitdem vergangen und ich weiß es nicht mehr genau. Dieser Witz jedoch wird bis an mein Lebensende frisch und unvergesslich in meinem Gedächtnis leben und alle anderen Witze ausstechen. Oder jetzt erfahre ich unter bitteren Tränen, wie die arme Jane Shore, ganz in Weiß gekleidet und ihr braunes Haar lose herabhängend, hungernd durch die Straßen ging; oder wie George Barnwell den besten Onkel umbrachte, den je ein Mensch gehabt hat, und es nachher so bereute, dass man ihn hätte laufen lassen sollen. Da kommt rasch, um mich zu trösten, die Pantomime – ein verblüffendes Phänomen! Clowns werden aus geladenen Mörsern in den großen Kandelaber geschossen, der wie ein helles Gestirn leuchtet; Harlekine, ganz mit Schuppen aus reinem Gold bedeckt, verrenken ihre Glieder und funkeln wie wunderbare Fische; Pantalon (den ich, ohne es für einen Verstoß gegen die schuldige Ehrerbietung zu halten, im Geiste mit meinem Großvater vergleiche) steckt glühendrote Schüreisen in seine Tasche und ruft: »Jetzt kommt jemand!« oder beschuldigt den Clown des Diebstahls, indem er sagt: »Ich habe doch gesehen, wie du es tatetest!« Alles verwandelt sich mit der größten Leichtigkeit in jeden beliebigen Gegenstand, und »Nichts ist, aber das Denken gibt ihm Gestalt.« Jetzt lerne ich auch zum ersten Mal das traurige Gefühl kennen – es sollte sich später im Leben noch oft wiederholen –, dass ich am nächsten Tage unfähig bin, mich wieder in die langweilige Alltagswelt zurückzufinden. Ich möchte für immer in der glanzerfüllten Atmosphäre leben, die ich verlassen habe; ich bin in die kleine Fee mit ihrer Rute, gleich der Aushängestange eines himmlischen Barbiers, verliebt und sehne mich nach einer Feenunsterblichkeit mit ihr gemeinsam. Ach, sie tritt noch in vielen Gestalten vor mich hin, während mein Auge die Zweige des Christbaumes hinabwandert, aber sie geht ebenso oft wieder und hat noch nie bei mir verweilen mögen!

Aus diesen wonnigen Erinnerungen heraus entsteht das Puppentheater vor meinen Augen – da ist es mit seinem vertrauten Proszenium und den Damen mit den Federhüten in den Logen. Vielerlei Hantierungen mit Pappe und Leim und Gummi und Wasserfarben gehören dazu bei der Inszenierung von »Der Müller und seine Knechte« und »Elisabeth oder das sibirische Exil«. Zwar gibt es einige unangenehme Zufälle und Misserfolge dabei; besonders zeigen der achtungswerte Kelmar und einige andere eine unvernünftige Neigung, an aufregenden Stellen des Dramas in den Knien schwach zu werden und zusammenzuknicken; aber es ist trotzdem eine Phantasiewelt von so reichem Gehalt, dass ich tief darunter auf meinem Christbaum finstere, schmutzige, wirkliche Theater bei Tage sehe, um die diese Erinnerungen sich wie frische Girlanden mit den seltensten Blumen schlingen und mich noch jetzt entzücken.

Aber horch! Die Weihnachtsmusikanten spielen auf der Straße, und sie wecken mich aus meinem Kinderschlaf. Welche Bilder knüpfen sich in meinem Geist an die Weihnachtsmusik, so wie ich sie auf dem Christbaum zur Schau gestellt finde? Vor allen anderen bekannt und sich von allen anderen weit entfernt haltend, sammeln sie sich um mein kleines Bett. Ein Engel, der zu einer Gruppe von Hirten auf dem Felde spricht; ein paar Wanderer, die mit den Augen am Himmel einem Stern folgen; ein Kindlein in einer Krippe; ein Knabe in einem weiten Tempel, der mit ernsten Männern spricht; eine feierliche Gestalt mit einem milden und schönen Gesicht, die ein totes Mädchen an der Hand aufrichtet; wiederum die Gestalt, wie sie an einem Stadttor den Sohn einer Witwe auf seiner Bahre ins Leben zurückruft; eine Menschenmenge, die durch das geöffnete Dach in ein Zimmer blickt, wo er sitzt, und einen Kranken auf einem Bett an Seilen hinablässt; wiederum er, wie er im Sturme auf dem Wasser nach einem Schiff hinwandelt;

wiederum er, wie er am Meeresufer eine große Menge belehrt; wiederum er, mit einem Kinde auf dem Knie und anderen Kindern um ihn herum; wiederum er, wie er die Blinden sehen, die Stummen sprechen, die Tauben hören macht, wie er den Kranken Gesundheit, den Siechen Kraft, den Unwissenden Weisheit mitteilt; wiederum er, an einem Kreuze sterbend, von bewaffneten Soldaten bewacht, während tiefe Finsternis hereinbricht, die Erde zu wanken beginnt und nur eine Stimme sich vernehmen lässt: »Vergib ihnen, denn sie wissen nicht, was sie tun.«

Die Zweige des Baumes werden niedriger und reifer, und wiederum drängen sich die Weihnachtserinnerungen in dichter Schar. Schulbücher schießen empor. Da hängen Ovid und Virgil, jetzt in stummer Ruhe; die Regeldetri, mit ihren kühlen, unverschämten Fragen, nun längst erledigt; Terenz und Plautus, jetzt nicht mehr in einem Theater von zusammengestellten mit Kerben und Tintenflecken bedeckten Pulten und Bänken gespielt. Höher oben sind Kricket-Schlaghölzer, Pfähle und Bälle sichtbar, um die noch der Duft des niedergetretenen Grases und der von der Abendluft gedämpfte Schall der Zurufe zu schweben scheint. Der Baum ist immer noch frisch und heiter. Wenn ich auch zur Weihnachtszeit nicht mehr nach Hause fahre, so wird es doch (dem Himmel sei Dank dafür!), solange die Welt besteht, Jungen und Mädels geben; und die fahren nach Hause! Dort tanzen und spielen sie auf den Zweigen meines Baumes – Gott segne sie in ihrer Fröhlichkeit – und mein Herz tanzt und spielt ebenfalls.

Und doch komme auch ich am Weihnachtsfest nach Hause. Wir tun es alle, oder sollten es doch tun. Wir kommen alle nach Hause, oder sollten nach Hause kommen, um Ferien zu nehmen – je länger, je besser – von der großen Schule, in der wir ständig an unseren arithmetischen Tafeln arbeiten. Was Besuche angeht – wo ist der Ort, wo wir nicht nach Belieben hingehen können, wo der Ort, wo wir nicht schon waren, wenn wir unserer Phantasie von unserem Christbaum aus freien Lauf lassen!

Auf in die Winterlandschaft. Viele sind auf dem Baume sichtbar! Über niedrigen, nebelbedeckten Boden hin geht es durch Moor und Sumpf langgestreckte Hügel hinan, die sich wie finstere Höhlen zwischen dichten Pflanzungen dahinwinden. Kaum sind die funkelnden Sterne sichtbar, und wir fahren weiter, bis wir auf breite Bergkuppen hinauskommen und schließlich, mit plötzlichem Verstummen, an einer Allee haltmachen. Die Torglocke gibt einen tiefen, fast unheimlichen Ton in der frostigen Luft; das Tor dreht sich in seinen Angeln, und während wir auf ein großes Haus zufahren, werden die schimmernden Lichter in den Fenstern größer und die doppelte Reihe der Bäume scheint zu beiden Seiten feierlich zurückzuweichen, um uns Platz zu machen. Den ganzen Tag über hat von Zeit zu Zeit ein aufgeschreckter Hase diesen schneebedeckten Rasen gekreuzt; oder das ferne Trampeln einer Rotwildherde auf dem hartgefrornen Boden hat für eine Minute das Schweigen gebrochen. Wenn wir die Tiere beobachten könnten, würden wir vielleicht ihre wachsamen Augen wie die eisigen Tautropfen auf den Blättern zwischen dem Farnkraut funkeln sehen; aber sie sind still, und alles ist still. Und so gelangen wir endlich an das Haus, während die Lichter ständig größer werden und die Bäume vor uns zurückweichen und sich hinter uns wieder zusammenschließen, als wollten sie uns den Rückweg abschneiden.

Wahrscheinlich herrscht ein Duft von gebratenen Kastanien und anderen guten Sachen die ganze Zeit über im Hause, denn wir erzählen uns Wintergeschichten – Geistergeschichten, wie sich das so gehört – rund um das Weihnachtsfeuer. Niemand von uns hat sich gerührt, ausgenommen um dem Feuer ein wenig näherzurücken. Aber darauf kommt es nicht an. Wir traten ins Haus, und es ist ein altes Haus mit riesigen Kaminen, in denen das Holz auf altmodischen Feuerböcken auf dem Herde verbrannt wird. Von dem Eichengetäfel der Wände aber blicken grimmige Porträts (einige darunter auch mit grimmigen Inschriften) finster und misstrauisch herab. Wir sind ein Edelmann in mittleren Jahren, und wir nehmen ein reichhaltiges Souper mit unserem Gastgeber und der Gastgeberin und den Eingeladenen ein – es ist Weihnachtszeit und das alte Haus voller Gäste – und gehen dann zu Bett.

Unser Zimmer ist ein sehr altes Zimmer und mit Wandteppichen behängt. Das Porträt eines Kavaliers in Grün über dem Kamin will uns gar nicht gefallen. Die Decke weist große schwarze Balken auf und im Zimmer steht eine große schwarze Bettstelle, am Fußende von zwei großen schwarzen Figuren gestützt. Sie scheinen von zwei Gräbern in der alten freiherrlichen Kirche im Park gekommen zu sein, damit wir es besonders behaglich hätten. Aber wir sind kein abergläubischer Edelmann, und wir machen uns nichts daraus. Wir schicken also unseren Diener fort, verschließen die Tür und setzen uns im Schlafrock vor das Feuer, um über vielerlei nachzudenken. Schließlich gehen wir zu Bett. Aber mit dem Einschlafen will es nicht gehen. Wir werfen uns hin und her und können keinen Schlaf finden. Die ausgeglühten Scheite in dem Kamin flackern manchmal auf und lassen das Zimmer gespenstig erscheinen. Wider Willen blicken wir über die Bettdecke nach den beiden schwarzen Figuren und dem Kavalier in Grün hin – diesem verdächtig aussehenden Kavalier. In dem flackernden Licht scheinen sie näherzukommen und wieder zurückzutreten, und obwohl wir durchaus kein abergläubischer Edelmann sind, so ist das doch nicht angenehm. Wir werden nervös – mehr und mehr nervös. Wir sagen zu uns selbst: »Das ist höchst albern; aber wir können das nicht aushalten. Wir wollen vorgeben, uns krank zu fühlen, und nach jemand läuten.« Wir wollen das gerade tun, als die verschlossene Tür aufgeht und ein junges Mädchen mit langem, blondem Haar und totenbleichem Gesicht hereintritt. Sie gleitet ans Feuer und setzt sich händeringend in den Sessel, den wir dort stehengelassen haben. Jetzt bemerken wir, dass ihre Kleider nass sind. Die Zunge klebt uns am Gaumen und wir können nicht sprechen; jedoch beobachten wir das Mädchen genau. Ihre Kleider sind nass; an dem langen Haar klebt feuchte Erde; sie ist nach der Mode von vor zweihundert Jahren gekleidet, und an ihrem Gürtel hängt ein rostiger Schlüsselbund.

Nun, da sitzt sie also, und wir können nicht einmal ohnmächtig werden, so gespannt sind wir. Nach kurzer Zeit steht sie auf und probiert alle Schlösser im Zimmer mit den verrosteten Schlüsseln, die zu keinem passen wollen. Darauf richtet sie ihre Augen auf das Porträt des Kavaliers in Grün und sagt mit leiser, grauenerregender Stimme: »Die Hirsche wissen es!« Danach ringt sie wieder die Hände, geht am Bett vorüber und verlässt das Zimmer. Wir werfen uns hastig in unseren Schlafrock, ergreifen unsere Pistolen (wir reisen stets mit Pistolen) und wollen ihr folgen, als wir die Tür verschlossen finden. Wir drehen den Schlüssel um und blicken in die finstere Galerie hinaus, aber es ist niemand da. Wir machen uns auf und versuchen, unseren Diener zu finden. Das ist aber unmöglich. Wir gehen bis zum Tagesanbruch in der Galerie auf und ab. Dann kehren wir in unser verlassenes Zimmer zurück, schlafen ein und werden von unserem Diener (dem erscheint niemals etwas) und dem Sonnenschein geweckt.

Beim Frühstück haben wir nicht den geringsten Appetit, und die ganze Gesellschaft meint, wir sähen verdrießlich aus. Nach dem Frühstück gehen wir mit unserem Gastgeber durch das Haus. Darauf führen wir ihn vor das Porträt des Kavaliers in Grün, und da kommt alles heraus. Er hat eine junge Haushälterin betrogen, die einst in der Familie lebte und wegen ihrer Schönheit berühmt war. Sie ertränkte sich in einem Teich, und nach langer Zeit fand man ihren Leichnam, weil die Hirsche nicht von dem Wasser trinken wollten. Seitdem, flüstert man, geht sie um Mitternacht durch das Haus (besonders sucht sie das Zimmer auf, wo der Kavalier in Grün zu schlafen pflegte) und probiert die alten Schlösser mit den verrosteten Schlüsseln. Nun, wir erzählen unserem Gastgeber, was wir gesehen haben, und ein Schatten überfliegt seine Züge. Er bittet uns, Stillschweigen zu bewahren, und das tun wir auch. Jedoch ist die ganze Geschichte buchstäblich wahr, und wir haben das vor unserem Tode (denn wir sind jetzt längst gestorben) vielen wichtigen Persönlichkeiten gesagt.

Zahllos sind die alten Häuser mit widerhallenden Galerien, unheimlichen Prunkschlafräumen und seit vielen Jahren unbenutzten Spukzimmern des Seitenbaus, durch die wir mit einem angenehmen Gruseln wandern und jeder beliebigen Menge von Geistern begegnen können. Freilich – die Bemerkung mag vielleicht nicht überflüssig sein – lassen sich die Geister in einige wenige Typen und Klassen einteilen, denn sie besitzen wenig Originalität und es sind ausgetretene Pfade, auf denen sie »umgehen«. So kommt es vor, dass ein bestimmtes Zimmer in einem bestimmten alten Herrenhaus, wo ein bestimmter böser Lord, Baronet, Ritter oder Gentleman sich einst eine Kugel durch den Kopf gejagt hat, bestimmte Dielen im Fußboden aufweist, aus denen die Blutflecke durch keine Mittel zu entfernen sind. Man kann reiben und reiben, wie es der jetzige Besitzer getan hat, oder hobeln und hobeln, wie es sein Vater getan hat, oder scheuern und scheuern, wie es sein Großvater getan hat, oder mit starken Säuren brennen und brennen, wie es sein Urgroßvater getan hat – das Blut bleibt stets da, nicht röter und nicht blässer, nicht mehr und nicht weniger, stets genau das gleiche. So gibt es in einem anderen derartigen Hause eine Spuktür, die niemals offen bleiben will; oder eine andere Tür, die niemals geschlossen bleibt; oder ein gespenstiges Geräusch von einem Spinnrad oder einen Hammerschlag, einen Schritt, einen Schrei, einen Seufzer, ein Pferdegetrappel, ein Kettengeklirr. Oder sonst gibt es eine Turmuhr, die zur Mitternachtsstunde dreizehn schlägt, wenn das Haupt der Familie sterben soll; oder einen unbeweglichen schwarzen Schattenwagen, der zu solchen Zeiten immer von jemand gesehen wird, wie er in der Nähe des großen Tores im Stallhof wartet.

Auch kam es vor, dass Lady Mary auf Besuch in ein großes wildes Haus im schottischen Hochland fuhr und, müde von der langen Reise, früh zu Bett ging. Am nächsten Morgen beim Frühstück aber meinte sie arglos:

»Wie seltsam, dass gestern Abend spät noch eine Gesellschaft in diesem abgelegenen Haus stattfand, ohne dass man mir vor dem Zubettgehen etwas davon gesagt hat!«

Daraufhin fragte jeder Lady Mary, was sie meinte. Und Lady Mary erwiderte:

»Nun, die ganze Nacht hindurch fuhren doch die Wagen um die Terrasse unter meinem Fenster herum und herum!«

Daraufhin wurde der Hausherr blass und seine Lady desgleichen, und Charles Macdoodle of Macdoodle machte Lady Mary ein Zeichen, nicht weiterzusprechen, und schwieg. Nach dem Frühstück teilte Charles Macdoodle Lady Mary mit, es wäre eine Überlieferung in der Familie, dass diese rollenden Wagen auf der Terrasse einen Todesfall anzeigten. Und das bewahrheitete sich auch, denn zwei Monate später starb die Dame des Hauses. Und Lady Mary, die am Hofe Ehrendame war, erzählte diese Geschichte oft der alten Königin Charlotte. Der alte König pflegte dabei stets zu sagen:

»Wie, wie? Was, was? Geister, Geister? Nichts da, nichts da!«

Und das wiederholte er in einem fort, bis er zu Bett ging.

Oder: Ein Freund von jemand, den die meisten von uns kennen, hatte einen Schulkameraden, mit dem er ausmachte, wenn die Seele nach ihrer Trennung vom Körper auf diese Erde zurückkehren könnte, so sollte derjenige von ihnen beiden, der zuerst sterben würde, dem anderen wiedererscheinen. Im Laufe der Zeit entschwand diese Übereinkunft unserem Freund aus dem Gedächtnis. Die beiden Kameraden waren im Leben vorangekommen und ihre Pfade hatten sich weit voneinander getrennt. Aber viele Jahre später reiste unser Freund im Norden Englands und war für die Nacht in einem Gasthaus auf den Mooren von Yorkshire abgestiegen. Er hatte sich bereits zu Bett begeben und warf einen zufälligen Blick in das Zimmer. Da sah er im Mondlicht, auf ein Schreibpult am Fenster gelehnt und ihn fest anblickend, seinen alten Schulkameraden stehen! Als er die Erscheinung feierlich ansprach, erwiderte sie in einer Art Flüstern, aber ganz deutlich vernehmbar:

»Nähere dich mir nicht. Ich bin gestorben. Ich bin hier, um mein Versprechen einzulösen. Ich komme aus einer anderen Welt, deren Geheimnisse ich nicht enthüllen darf!«

Darauf wurde die ganze Gestalt undeutlicher und löste sich gleichsam im Mondschein auf.

Oder: Da war die Tochter des ersten Besitzers des malerischen elisabethanischen Hauses, das in unsrer Nachbarschaft so berühmt war. Sie haben von ihr gehört? Nein? Nun, sie war ein schönes junges Mädchen, gerade siebzehn Jahre alt, und ging an einem Sommerabend im Zwielicht in den Garten, um Blumen zu pflücken. Nach wenigen Minuten kam sie, zu Tode erschrocken, in die Halle zu ihrem Vater gelaufen und sagte:

»Oh, lieber Vater, ich bin mir selbst begegnet!« Er nahm sie in seine Arme und sagte ihr, das wäre bloße Einbildung, aber sie erwiderte:

»O nein! Ich begegnete mir selbst auf dem Mittelgang, und ich war blass und pflückte verwelkte Blumen, und ich wandte den Kopf und hielt sie in die Höhe!«

Und in derselben Nacht starb sie. Ein Bild, das ihre Geschichte darstellt, wurde begonnen, aber niemals vollendet, und man sagt, es hängt bis auf den heutigen Tag, die Vorderseite der Wand zugekehrt, irgendwo im Hause.

Oder: Der Onkel von meines Bruders Frau ritt an einem

lauen Abend gegen Sonnenuntergang nach Hause, als er auf einem engen Feldweg in der Nähe seines Hauses gerade in der Mitte des Pfades eine Gestalt vor sich stehen sah.

»Weshalb steht dieser Mann im Mantel dort?«, dachte er. »Will er von mir überritten werden?«

Aber die Gestalt blieb regungslos. Ein sonderbares Gefühl beschlich ihn, als er sie so still dastehen sah, aber er ritt, wenn auch in langsamerem Schritt, weiter. Als er ihr so nahe war, dass er sie fast mit seinem Steigbügel berührte, scheute sein Pferd und die Gestalt glitt in einer seltsamen, unirdischen Weise – rücklings und anscheinend ohne die Füße zu gebrauchen – die Böschung hinan und war verschwunden. Mit dem Ausruf: »Lieber Himmel! Das ist ja mein Vetter Harry aus Bombay!« gab der Onkel von meines Bruders Frau dem Pferd, das plötzlich über und über in Schweiß war, die Sporen und galoppierte, über das sonderbare Verhalten des Tieres verwundert, vor die Front des Hauses. Dort sah er dieselbe Gestalt, wie sie gerade zu dem langen Flügelfenster des zu ebener Erde gelegenen Salons hineinglitt. Er warf die Zügel einem Diener zu und eilte hinter der Gestalt in den Salon. Er traf seine Schwester allein darin an.

»Alice, wo ist mein Vetter Harry?«

»Dein Vetter Harry, John?«

»Ja. Aus Bombay. Ich begegnete ihm gerade auf dem Feldweg und sah ihn vor einem Augenblick hier hineingehen.«

Niemand hatte irgendein lebendiges Wesen gesehen, und wie sich später herausstellte, starb in dieser Stunde der Vetter in Indien.

Oder: Es gab eine gewisse gescheite alte Jungfer, die im

Alter von neunundneunzig Jahren starb und bis zuletzt bei klarem Verstand war. Diese hat tatsächlich den Waisenknaben gesehen. Die Geschichte ist oft unrichtig wiedergegeben worden, aber hier steht wirklich die reine Wahrheit, denn es ist eine Geschichte aus unserer Familienüberlieferung und sie war eine Verwandte von uns. Der Mann, dem sie ihr Herz geschenkt hatte, war jung gestorben, und aus diesem Grunde hatte sie nie geheiratet, obwohl sich viele um sie beworben hatten. Im Alter von vierzig Jahren nun, als sie immer noch eine ungewöhnlich schöne Frau war, reiste sie nach einem Besitztum in Kent, das ihr Bruder, ein Indien-Kaufmann, vor Kurzem erworben hatte. Es ging die Sage, dass dieses Gut einst von dem Vormund eines jungen Knaben verwaltet worden war, der, selbst der nächste Erbe, den Knaben durch harte und grausame Behandlung ums Leben gebracht hatte. Sie aber hatte nichts davon gehört. Man behauptet, dass ein Käfig in ihrem Schlafzimmer stand, in den der Vormund den Knaben einzusperren pflegte. Aber es gab nichts dergleichen; nur ein Schrank stand darin. Sie ging zu Bett, schlug in der Nacht durchaus keinen Lärm und sagte am Morgen gleichmütig zu ihrem Mädchen, als es ins Zimmer trat:

»Wer ist das hübsche, verlassen aussehende Kind, das die ganze Nacht hindurch aus dem Schrank da herausgeblickt hat?«

Das Mädchen antwortete nur durch einen lauten Schrei und lief augenblicklich davon. Sie war überrascht; aber sie besaß ungewöhnlichen Mut. Sie kleidete sich an, ging nach unten und schloss sich mit ihrem Bruder ein.

»Walter«, sagte sie, »ich bin die ganze Nacht hindurch von einem hübschen, verlassen aussehenden Knaben gestört worden, der beständig aus dem Schrank in meinem Zimmer, den ich nicht aufkriege, hervorblickte. Das ist irgendein Blendwerk.«

»Ich fürchte nein, Charlotte«, sagte er, »denn es ist die Sage des Hauses. Es ist der Waisenknabe. Was tat er?«

»Er öffnete sacht die Schranktür«, erwiderte sie, »und blickte hinaus. Bisweilen tat er einen Schritt oder zwei ins Zimmer. Bei dieser Gelegenheit rief ich ihm zu, um ihn zu ermutigen; aber er wich schaudernd zurück, kroch wieder hinein und schloss die Tür.«

»Der Schrank, Charlotte«, sagte ihr Bruder, »steht in keinerlei Verbindung mit irgendeinem anderen Teile des Hauses und ist vernagelt.«

Das war unbestreitbar richtig, und zwei Zimmerleute hatten einen ganzen Vormittag zu arbeiten, um ihn zu öffnen, damit man ihn untersuchen könnte. Da war sie denn überzeugt, dass sie den Waisenknaben gesehen hatte. Aber das Furchtbare an der Geschichte ist, dass er auch nacheinander dreien ihrer Neffen erschien, die alle jung starben. Jeder dieser drei Knaben kam zwölf Stunden, bevor die Krankheit bei ihm ausbrach, erhitzt nach Hause und sagte seiner Mama, er hätte unter einer bestimmten Eiche auf einer bestimmten Wiese mit einem fremden Jungen gespielt – einem hübschen, verlassen aussehenden Jungen, der sehr schüchtern war und ihm Zeichen machte. Die traurige Erfahrung, die sie machen mussten, belehrte dann die Eltern, dass dies der Waisenknabe war und dass das Leben des Kindes, das er sich zum Gespielen erkor, sicher zu Ende war.

Zahllos sind die deutschen Schlösser, wo wir allein dasitzen und auf das Gespenst warten. Wir werden in ein

Zimmer geleitet, das für unseren Empfang verhältnismäßig behaglich hergerichtet wurde und in dem wir uns nach den Schatten umblicken, die das knisternde Feuer auf die kahlen Wände wirft. Wir fühlen uns sehr einsam, als der Wirt des Dorfgasthauses und seine hübsche Tochter sich zurückgezogen haben, nachdem sie vorher einen frischen Stoß Holz auf den Kamin gelegt und auf den kleinen Tisch zum Abendbrot kalten gebratenen Kapaun, Brot, Trauben und eine Flasche alten Rheinwein gesetzt haben. Als sie sich zurückziehen, schlagen die Türen hinter ihnen eine nach der anderen mit einem Getöse wie dumpfes Donnerrollen zu, und allein geblieben, machen wir in tiefer Nacht verschiedene übernatürliche Erfahrungen. Zahllos sind die behexten deutschen Studenten, in deren Gesellschaft wir näher ans Feuer heranrücken, während der Schuljunge im Winkel seine Augen groß und rund aufreißt und von dem Schemel, den er sich zum Sitz erkoren, herunterfällt, wenn der Wind zufällig die Tür aufreißt. Eine reiche Menge von solchen Früchten schimmert auf unserem Christbaum; noch fast an der Spitze fangen sie schon zu blühen an und reifen an allen Zweigen entlang abwärts.

Zwischen den Spielsachen und Phantasien, die auf den unteren Baumzweigen hängen – oft ebenso müßig und weniger rein –, mögen die Bilder für immer unverändert bleiben, die ich einst mit der süßen Weihnachtsmusik verknüpfte, die so sanft durch die Nacht tönte! Von den freundlichen Gedanken der Weihnachtszeit umgeben, möge die gütige Gestalt meiner Kindheit für immer weilen! In jeder Freude, die die Jahreszeit mit sich bringt, möge der helle Stern, der über dem armen Dach schimmerte, der Stern der ganzen Christenwelt sein! Verweile noch einen

Augenblick, o dahinschwindender Baum, dessen tiefere Zweige für mich noch dunkel sind, und lass mich nochmals auf dich schauen! Ich weiß, es gibt leere Stellen auf deinen Zweigen, wo Augen, die ich dereinst geliebt habe, geleuchtet und gelächelt haben; und die jetzt nicht mehr sind. Aber weit oben sehe ich den, der das tote Mädchen wieder zum Leben erweckte, und Gott ist gut! Wenn in deinen noch nicht sichtbaren untersten Zweigen sich das Alter für mich verbirgt, o möge ich in grauen Haaren noch das Herz und das Vertrauen eines Kindes dieser Gestalt zuwenden!

Jetzt ist der Baum mit Gesang und Tanz und Fröhlichkeit geschmückt. Und sie sind willkommen. Unschuldige Freude möge stets willkommen sein unter den Zweigen des Christbaumes, die keinen finsteren Schatten werfen! Aber während er in den Boden sinkt, höre ich ein Flüstern durch die Blätter gehen:

»Dies zum Gedenken an das Gesetz der Liebe und Freundlichkeit, der Barmherzigkeit und des Mitleids. Dies zum Gedenken an Mich!«

Ein Familienfest

»Es ist ein gerechter und nobler Ausgleich, dass – da Krankheit und Kummer ansteckend ist – doch nichts in der Welt so unwiderstehlich wirkt wie Lachen und gute Laune.«

Der Weihnachtsabend

Weihnachten bei Familie Tetterby

Wir sind zu Hause bei den Tetterbys, einer armen Familie, auf die Mr. Redlaw in der Weihnachtsgeschichte Der Verwunschene *noch treffen wird. Doch jetzt sitzt die Familie in ihrem bescheidenen Heim zum Abendessen – ein buntes Treiben angesichts der Kinderschar, deren Anzahl auf diesem engen Raum geradezu überwältigend wirkt. Es ist kein üppiges Mahl, denn dem Familienvater Adolphus Tetterby gehört nur der kleine Zeitungsladen draußen an der Ecke im Jerusalemstift. Seine Frau Mrs. Tetterby findet keinen Genuss an ihrem Abendessen. Ihr liegt etwas auf dem Herzen.*

»Aber siehst du«, sagte Mrs. Tetterby, »da jetzt Weihnachten ist, wo alle, die es tun können, sich einen Feiertag machen und alle, die Geld haben, etwas ausgeben, wurde ich, ich weiß nicht wie, ein bisschen übellaunig. Auf der Straße draußen gab es so viel zu verkaufen, so schöne Sachen zum Essen, so köstliche Dinge zu schauen und so herrliche Sachen zu haben – und ich hatte so viel zu rechnen und zu rechnen, ehe ich nur ein Sechspencestück für die allergewöhnlichste Sache ausgeben durfte; und der Korb war so groß, und es war so viel Platz darin, und mein Geldvorrat war so klein und reichte für so wenig – du findest das abscheulich, Dolphus, nicht?«

»Noch nicht«, sagte Mr. Tetterby.

»Nun, ich will dir alles sagen«, fuhr seine Frau reumütig fort, »und dann gibst du es vielleicht zu. So sehr fühlte ich das, als ich draußen in der Kälte herumlief und eine Menge anderer berechnender Gesichter mit großen Körben herumlaufen sah, dass ich anfing zu denken, ob ich nicht besser getan hätte und glücklicher gewesen wäre, wenn – wenn –« der Trauring wurde wieder um den Finger gedreht und Mrs. Tetterby schüttelte dabei das gesenkte Haupt.

»Ich verstehe«, sagte ihr Mann ruhig; »wenn du gar nicht oder einen anderen geheiratet hättest!«

»Ja«, schluchzte Mrs. Tetterby. »Das habe ich wirklich gedacht. Ist das nicht abscheulich, Dolphus?«

»Hm – nein, ich finde das noch nicht«, sagte Mr. Tetterby.

Mrs. Tetterby gab ihm einen dankbaren Kuss und sprach weiter:

»Ich hoffe jetzt fast, du wirst es auch hernach nicht sagen, Dolphus, obgleich ich fürchte, ich habe das Schlimmste noch nicht erzählt. Ich weiß nicht, was auf einmal über mich kam. Ich weiß nicht, ob ich krank war oder verrückt oder sonst was; aber ich konnte mich an nichts erinnern, was uns aneinanderknüpfte oder was mich mit meinem Schicksal aussöhnen konnte. Alle Freuden und Genüsse, die wir je gehabt, erschienen mir so armselig und unbedeutend, dass ich sie ordentlich hasste. Ich hätte sie mit Füßen treten können. Und ich konnte an weiter nichts denken als an unsere Armut und die vielen Mäuler, die zu Hause auf mich warteten.«

»Das ist freilich wahr«, sagte Mr. Tetterby und drückte ihr ermutigend die Hand. »Wir sind arm und haben viele Mäuler im Hause.«

»Ach aber, Dolf, Dolf«, rief die Frau und umschlang ihn, »mein lieber, guter, geduldiger Mann, als ich nur ein paar Minuten zu Hause war – wie anders! Ach, lieber Dolf, wie anders war es da! Es war mir, als ob ein ganzer Strom von Erinnerungen über mich käme, der mein hartes Herz erweichte und es zum Überfließen anfüllte. Alle unsere Mühen ums liebe Brot, alle unsere Sorgen und Entbehrungen, seitdem wir verheiratet sind, alle Tage der Krankheit, alle die Stunden, die wir beieinander oder bei den Kindern durchwacht, schienen zu mir zu reden und zu sagen, dass sie uns in eins verschmolzen haben und dass ich nie etwas anderes hätte sein können und wollen als das Weib und die Mutter, die ich jetzt bin. Und da wurden die wohlfeilen Freuden, die ich vorhin so sehr verachtet hatte, mir so kostbar, ach, so unendlich wertvoll, dass ich den Gedanken nicht ertragen konnte, wie ich sie verschmäht hatte; und ich sagte und sage es noch hundertmal: Wie konnte ich nur so sein, Dolphus, wie konnte ich das Herz dazu haben?«

Die gute Frau, ganz außer sich vor aufrichtiger Liebe und Reue, ließ ihren Tränen freien Lauf […].

»[…] wir sollten uns niemals schämen, Tränen zu vergießen, denn sie sind die Regentropfen, welche auf den blindmachenden Staub der Erde fallen, der auf unseren harten Herzen lagert.«

Große Erwartungen

Weihnachten bei Familie Cratchit

Zusammen mit Mr. Scrooge schauen wir in Dickens' Weihnachtsabend *in die Wohnstube seines Buchhalters Bob Cratchit, der »selbst nur fünfzehn Bobs [Schilling] die Woche, nur fünfzehn seiner Namensvettern« verdient. Auch lernen wir das jüngste Kind der Familie Cratchit kennen: den kleinen Tim, der auf eine Gehhilfe angewiesen und aufgrund der ärmlichen Verhältnisse in schlechter körperlicher Verfassung ist. Doch so bescheiden, wie das Weihnachtsfest bei der Familie Cratchit auch ausfällt, so reich ist es an Liebe, Güte und Dankbarkeit.*

Und dann tauchte Mrs. Cratchit auf, recht bescheiden gekleidet in ein schon zweimal gewendetes Kleid, doch ganz prächtig mit Bändern geziert, die wohlfeil waren und für sechs Pence etwas herzeigten; und sie legte das Tischtuch auf mit Hilfe Belindas, ihrer zweiten, ebenfalls prächtig bebänderten Tochter, während Master Peter Cratchit mit einer Gabel im Kartoffeltopf herumstocherte; und wenn ihm dabei die Ecken seines ungeheuren Kragens (Bobs Privateigentum, zur Feier des Tages dem Sohn und Erben überlassen) in den Mund gerieten, so war er doch entzückt, sich so elegant zu finden, und verlangte danach, sich in den vornehmen Parks von London zu zeigen. Und nun kamen zwei jüngere Cratchits, Bub und Mädel, hereingesprungen und schrien, dass sie vor der Backstube die Gans gerochen und als die ihrige erkannt hätten; und tanzten nun, während sie in herrlichen Vorstellungen von Salbei- und Zwiebelfülle schwelgten, rund um den Tisch und hoben Master Cratchit in den Himmel, während er nicht zu stolz war (obschon sein Kragen ihn fast erstickte), ins Feuer zu blasen, bis die langweiligen Kartoffeln aufwallten und laut an den Deckel klopften, um herausgeholt und geschält zu werden.

»Was nur mit eurem guten Vater los ist«, sagte Mrs. Cratchit, »und eurem Bruder, dem kleinen Timy; und Martha war letzte Weihnachten schon eine halbe Stunde früher hier.«

»Martha ist hier, Mutter!«, sagte ein Mädchen, das mit diesen Worten eintrat.

»Da ist ja Martha, Mutter!«, schrien die beiden kleinen Cratchits. »Hurra, Martha! Es gibt eine Gans! So eine Gans!«

»Gott segne dich, mein liebes Kind, wie spät du aber dran bist!«, sagte Mrs. Cratchit und küsste sie ein Dutzend Mal und nahm ihr mit geschäftigem Eifer Schal und Hut ab.

»Wir hatten eine Menge Sachen fertig zu machen letzte Nacht«, antwortete das Mädchen, »und mussten heute Morgen aufräumen, Mutter.«

»Nun, das macht nichts, jetzt bist du ja da!«, sagte Mrs. Cratchit. »Setz dich ans Feuer, mein Liebes, und wärm dich!«

»Nein, nein, da kommt Vater«, schrien die beiden kleinen Cratchits, die überall zugleich waren. »Versteck dich, Martha, versteck dich!« So also versteckte sich Martha, als der Vater eintrat, der kleine Bob, von dem der Schal drei Fuß lang (abgesehen von den Fransen) herunterhing, und sein abgetragener Anzug war feiertäglich gebürstet und gestopft, und der kleine Tim saß auf seiner Schulter. Ach, armer kleiner Tim, er trug eine kleine Krücke, und seine Glieder steckten in Eisenschienen.

»Nanu, wo ist denn unsere Martha?«, rief Bob und schaute sich um.

»Kommt nicht«, sagte Mrs. Cratchit.

»Sie kommt nicht!«, und Bob verlor mit einmal seine gute Laune, er war nämlich den ganzen Weg von der Kirche her Tims Vollblutpferd gewesen und ganz ausgelassen zu Hause angelangt. »Kommt zu Weihnachten nicht nach Hause!«

Martha mochte ihn nicht so enttäuscht sehen, und wenn es auch nur zum Scherz war; so kam sie vorzeitig hinter dem Schrank hervor und flog in seine Arme, während die jungen Cratchits den kleinen Tim packten und ins Waschhaus trugen, damit er den Pudding in seinem Kupferkessel singen höre.

»Und wie hat unser kleiner Tim sich denn benommen?«, fragte Mrs. Cratchit, nachdem sie Bob wegen seiner Leichtgläubigkeit geneckt und er seine Tochter nach Herzenslust liebkost hatte.

»Er ist ein Goldjunge«, sagte Bob, »und mehr als das. Er wird recht nachdenklich, weil er so viel allein ist, und kommt auf die seltsamsten Einfälle, die man je gehört hat. Auf dem Nachhauseweg sagte er mir, er hoffe, dass recht viele Leute ihn in der Kirche gesehen hätten, weil er doch ein Krüppel sei und sie vielleicht froh würden, wenn sie sich zu Weihnachten daran erinnerten, wer lahme Bettler gehen und Blinde sehend gemacht habe.«

Bobs Stimme bebte, als er ihnen dies sagte, und bebte noch mehr, als er hinzufügte, der kleine Tim würde gesünder und kräftiger werden.

Man hörte seine flinke kleine Krücke auf dem Fußboden, und bevor noch ein Wort gesprochen wurde, kam der kleine Tim herein, von Bruder und Schwester an den Kamin hingeleitet; und während Bob seine Manschetten aufkrempelte, als ob, armer Junge, sie überhaupt noch schäbiger werden könnten, und in einem heißen Kessel ein Getränk mit Gin und Zitrone zusammenbraute und es zum Sieden übers Feuer hing, gingen Master Cratchit und die überall zu findenden jungen Cratchits, die Gans zu holen, mit der sie alsbald in feierlicher Prozession zurückkehrten.

Jetzt gab es einen derartigen Aufruhr, dass man hätte meinen können, eine Gans wäre der seltenste aller Vögel, ein gefiedertes Wunder, mit dem verglichen ein schwarzer Schwan etwas Alltägliches war; und tatsächlich, für dies Haus stimmte das ja auch. Mrs. Cratchit machte die Bratentunke, schon zum Voraus in einer kleinen Pfanne zubereitet, nun kochend heiß, Master Peter zerstampfte die Kartoffeln mit unglaublichem Kraftaufwand, Miss Belinda süßte die Apfelsoße, Martha polierte die angewärmten Teller nach, Bob setzte den kleinen Tim neben sich an eine Ecke des Tisches, die jungen Cratchits stellten Stühle für alle auf und vergaßen sich selbst nicht dabei und bezogen ihre Stellung und steckten den Löffel in den Mund: damit sie nicht nach dem Gänsebraten schrien, bevor sie beim Austeilen an die Reihe kamen. Zuletzt wurden die Teller aufgelegt und das Dankgebet gesprochen. Es folgte ihm eine atemlose Pause, als Mrs. Cratchit das Tranchiermesser seiner ganzen Länge nach betrachtete und sich anschickte, es der Gans in die Brust zu stoßen. Als sie es tat und die so heißersehnte Füllung hervorquoll, lief ein Murmeln des Entzückens rund um den Tisch, und sogar der kleine Tim schlug, angesteckt von den zwei jungen Cratchits, mit dem Griff seines Messers auf den Tisch und schrie hurra!

So eine Gans hatte es noch nie gegeben! Bob sagte, er glaube nicht, dass je solch eine Gans gebraten worden sei.

Ihre Zartheit und ihr Geschmack, ihre Größe und ihre Wohlfeilheit waren Gegenstand der allgemeinen Bewunderung. Durch Kartoffelbrei und Apfelsoße gestreckt, ergab sie ein ausreichendes Abendessen für die ganze Familie, und tatsächlich – wie Mrs. Cratchit mit großer Befriedigung feststellte, während sie ein kleines Stückchen Bein auf der Platte betrachtete – hatten sie nicht einmal alles aufgegessen. Und doch hatte ein jeder genug gehabt; und die jüngsten Cratchits im Besondern waren bis an die Ohren in Salbei und Zwiebel getaucht. Doch nun, während Miss Belinda die Teller wechselte, verließ Mrs. Cratchit allein das Zimmer – zu aufgeregt, jemanden in ihrer Nähe zu dulden –, um den Pudding herauszunehmen und auf den Tisch zu bringen.

Stellt euch vor, dass er nicht gar geworden wäre! Oder dass er beim Herausnehmen zerbräche! Oder es wäre jemand über die hintere Hofmauer gestiegen und hätte ihn gestohlen, während sie so vergnügt bei ihrer Gans saßen; eine Vorstellung, bei der die kleinen Cratchits erbleichten. Alles mögliche Schreckliche dachte man sich aus.

Hallo! Eine große Dampfwolke! Der Pudding war aus dem Kupferkessel heraus. Ein Dunst wie am Waschtag! Das war das Tuch! Ein Geruch wie von einem Speisehaus und einem Pastetenbäcker nebendran und einer Wäscherei, zwei Häuser weiter. Das war der Pudding! Eine halbe Minute später trat Mrs. Cratchit erhitzt, aber stolz lächelnd mit dem Pudding ein, der wie eine gefleckte Kanonenkugel aussah, so fest und hart, umlodert von einem halben Viertelquart brennenden Branntweins und mit dem weihnachtlichen Stechpalmzweig obenauf. Ah, ein wundervoller Pudding! Bob Cratchit sagte, und er sagte es in vollem

Ernst, er betrachte ihn als die größte Leistung, die Mrs. Cratchit seit ihrer Heirat vollbracht habe. Nun, wo der Stein ihr vom Herzen war, gestand Mrs. Cratchit, dass sie bezüglich der Mehlmenge ihre Zweifel gehabt habe. Jeder hatte etwas dazu zu sagen, aber niemand sagte oder dachte auch nur, dass es doch ein sehr kleiner Pudding sei für eine so große Familie. Das wäre die reine Ketzerei gewesen. Jeder Cratchit wäre darüber errötet und hätte sich geschämt, solch einen Gedanken in sich zu hegen.

Schließlich war das Abendessen beendet, der Tisch wurde abgeräumt, vor dem Kamin gefegt und das Feuer frisch aufgeschürt. Das Gebräu im Krug wurde gekostet und herrlich befunden, Äpfel und Orangen auf den Tisch gestellt und eine Schaufel voll Kastanien aufs Feuer. Dann rückte die ganze Familie um den Kamin zusammen, Bob nannte es einen Kreis, er meinte einen halben; und an Bobs Ellbogen standen der Familienbesitz an Gläsern, zwei Becher und ein Rahmkännchen ohne Henkel. Doch diese fassten das heiße Getränk ebenso gut, wie goldene Becher es getan hätten; und Bob schenkte es strahlenden Blickes aus, während die Kastanien auf dem Feuer laut platzten und krachten. Dann erhob Bob sein Glas:

»Ein fröhliches Weihnachtsfest uns allen, meine Lieben, Gott segne uns!«

Und die ganze Familie stimmte darin ein.

Hurra und Hoppsassa!

Schöner kann das Ende von Dickens Weihnachtsabend *kaum sein – ein lachender, fröhlicher Scrooge, der »ein so guter Freund, ein so guter Chef und ein so guter Mensch« geworden ist, wie man ihn sich nur vorstellen kann. Und so heißt es am Ende über den ehemaligen Geizkragen: »[...] wenn jemand Weihnachten richtig feiern könne, dann sei er es. Möge dies mit Recht auch von uns gesagt werden, von uns allen!«*

»Ich weiß wirklich nicht, was ich anfangen soll«, rief Scrooge lachend und weinend in einem Atem, während er mit seinen Strümpfen einen richtigen Laokoon aus sich machte. »Ich fühle mich so leicht wie eine Feder. Ich bin so glücklich wie ein Engel und so vergnügt wie ein Schuljunge. Mir schwindelt wie einem Betrunkenen. Fröhliche Weihnachten einem jeden! Ein glückliches neues Jahr der ganzen Welt! Hallo! Hurra und Hoppsassa!«

Er war ins Wohnzimmer hinübergesprungen, und da stand er nun völlig außer Atem.

»Da ist das Pfännchen, in dem der Haferschleim drin war«, rief Scrooge, indem er wieder lossprang und vor dem Kamin herumtanzte, »dort ist die Türe, durch die der Geist von Jakob Marley hereinkam. Dort ist die Ecke, in welcher der Geist der heurigen Weihnacht saß. Da ist das Fenster, von dem aus ich die wandernden Geister erblickte! Es stimmt alles, es ist alles wahr, alles ist wirklich gewesen. Hahahaha!«

Für einen Mann, der so lange außer Übung gewesen, war dies wirklich ein ganz prächtiges Lachen, ein ganz hervorragendes Lachen, der Vater einer langen, langen Reihe fröhlicher, strahlender Gelächter.

»Ich weiß nicht, welchen Tag wir heute haben«, sagte Scrooge, »ich weiß nicht, wie lange ich unter den Geistern gewesen bin. Ich weiß gar nichts mehr. Ich bin wie ein kleines Kind. Tut nichts! Was kümmert es mich! Ich möchte ganz gerne wieder ein Kind sein! Hallo, hurra und hoppsassa!«

Die Kirchenglocken rissen ihn aus seinem Freudentaumel heraus, indem sie das fröhlichste Geläute anhuben, das er je gehört hatte. Klang – kling, bim – bam, ding – dong, bim – bam, kling – klang! Oh, herrlich, herrlich!

Er lief ans Fenster, öffnete es und steckte den Kopf hinaus. Kein Dunst, kein Nebel! Klares, strahlendes, freundliches, prickelnd kaltes Wetter. Ein Wetter, das das Blut rascher kreisen ließ: goldenes Sonnenlicht, strahlender Himmel, süße frische Luft, fröhliches Glockengeläute. Oh, herrlich, ganz herrlich!

»Was ist heute für ein Tag?«, rief Scrooge einem Jungen in Sonntagskleidern zu, der sich unten im Hof herumtrieb.

»Wie? was?«, gab der Junge in höchstem Erstaunen zurück.

»Was für ein Tag heute ist, mein Junge?«, sagte Scrooge.

»Heute?«, erwiderte der Junge, »nun Weihnachtstag! Der erste Weihnachtstag!«

»Weihnachtstag!«, murmelte Scrooge vor sich hin. »Weihnachten; so habe ich es doch nicht versäumt. Die Geister haben all das in einer Nacht fertiggebracht. Sie können alles, was sie wollen. Natürlich können sie es. Hallo, mein guter Junge!«

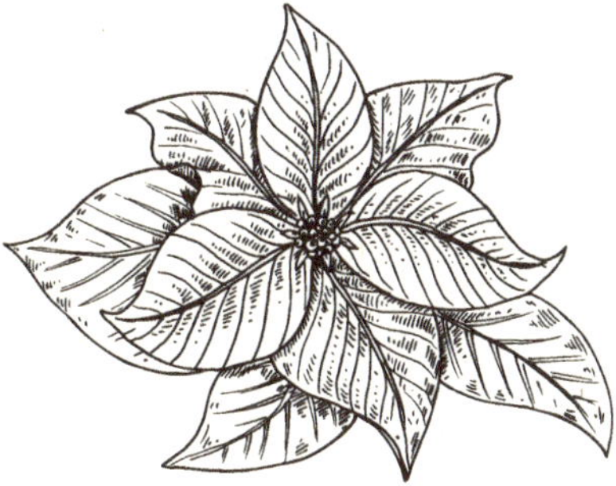

»Ich will Weihnachten ehren und versuchen,
es das ganze Jahr im Herzen zu bewahren.«

Der Weihnachtsabend

Verzeichnis der Texte und Druckvorlagen

Die Texte der vorliegenden Ausgabe folgen – unter behutsamer Angleichung an die neue Rechtschreibung – den hier verzeichneten Editionen; in den Textnachweisen werden sie jeweils mit den angegebenen Titelsiglen abgekürzt zitiert.

BR	Barnaby Rudge. 3 Bde. Übers. von Dr. Karl Kolb. Stuttgart: Hoffmann'sche Verlagsbuchhandlung, 1855.
DC	David Copperfield. 3 Bde. Übers. von Gustav Meyrinck. München: Albert Langen, 1910.
GE	Große Erwartungen. 4 Tle. Übers. von Marie Scott. Leipzig: Verlagsbuchhandlung von J. J. Weber, 1862.
HD	Hunted Down. A Story. The Uncommercial Traveller. A Series of Occasional Papers. Leipzig: Bernhard Tauchnitz, 1860. [Übers. von der Hrsg.]
SW	Boz's sämtliche Werke. 21 Bde. Übers. von Dr. Karl Kolb. Stuttgart: Verlag von Adolph Krabbe, 1842.
WA	Der Weihnachtsabend. Ein Weihnachtslied in Prosa oder Eine Geistergeschichte zum Christfest. Übers. von Trude Geissler. Stuttgart: Reclam, 1954 [u. ö.]. (Universal-Bibliothek. 18740.)
WM	Weihnachtsmärchen und Weihnachtsgeschichten. Hrsg. von Dr. Marc Färber. Meersburg am Bodensee: F. W. Hendel Verlag, 1932.

Weihnachten mit Dickens

9 DC 3,203

Der Zauber eines Abends

11 WA 91 | 13 WA 11–13 | 16 SW 9,417–426 | 24 WA 66–87

Kostbare Erinnerungen

35 HD 11 | 37 WM 293–296 | 43 WM 603–616

Ein Familienfest

71 WA 87 | 73 WM 316 f. | 76 GE 2,134 | 77 WA 73–79 | 83 WA 124 f. | 85 WA 121